KB189325

막막한 인생의 강가에서 삶의 소중함을 일깨우는

살아가는 기쁨

살아가는 기쁨

초판 1쇄 발행 2016년 8월 15일
2쇄 발행 2017년 10월 1일

지 은 이 박찬선
발 행 인 권선복
편집주간 김정웅
디 자 인 김소영
전 자 책 천훈민
마 케 팅 권보송
발 행 처 도서출판 행복에너지
출판등록 제315-2011-000035호
주 소 (157-010) 서울특별시 강서구 화곡로 232
전 화 0505-613-6133
팩 스 0303-0799-1560
홈페이지 www.happybook.or.kr
이 메 일 ksbdata@daum.net

값 15,000원

ISBN 979-11-5602-412-5 03810

막막한 인생의 강가에서 삶의 소중함을 일깨우는

살아가는 기쁨

박찬선 지음

도서출판 행복에너지

우리는 느낌이 좋은 곳을 좋아한다.

밥을 먹으러 가는 식당도 느낌이 좋으면 밥맛이 좋다.

똑같은 차를 마셔도 느낌이 좋으면 맛이 다르다.

느낌이 좋은 사람과 함께 있으면 시간 가는 줄 모른다.

느낌이 좋은 책을 읽을 때는 전혀 지루하지 않다.

책 속에서 빠져나올 때 얼굴에 행복한 미소가 가득 채워져 있다.

프롤로그

산다는 것은 끊임없이 무언가와 만나는 것 같습니다. 사람과 만나고 경험과 만나고 책과 만나고 새로운 계절과 만나고 이러한 만남을 통해 우리는 계속해서 변합니다. 만남을 통해 지혜가 쌓이고 지식이 늘어 가고 경험이 풍성해져서 그런가 봅니다.

때로는 우리의 삶에 꼭 필요하다고 생각했던 것들도 짐처럼 느껴질 때가 있습니다. 반대로 짐처럼 느껴져서 버리려고 했던 것들이 우리의 삶을 더 풍성하고 행복하게 만들어 주기도 합니다. 삶의 작은 단편들이라도 소홀히 할 수 없는 이유입니다.

어제는 산책을 나갔다가 돌아오는 길에 빨갛게 익은 앵두나무를 만났습니다. 앵두 몇 개를 따서 손바닥 위에 놓았더니 진귀한 보석처럼 반짝거렸습니다. 똑같은 햇살을 먹고 장미는 형형색색의 아름다운 꽃을 피워냅니다. 앵두나무는 햇빛을 먹고 앵두 열매를 맺습니다. 복숭아나무는 복숭아를 맺고, 사과나무는 사과 열매를 맺습니다.

나무는 나무 나름대로 고유의 형질이 있고 꽃은 꽃대로 고유의 형질이 있어서 같은 햇살을 먹어도 각각 다른 열매, 다른 꽃을 피우지요.

사람에게는 각기 다른 성품이 있습니다. 이 성품들이 각기 다른 삶의 열매를 맺게 합니다. 똑같은 환경 속에서 어떤 사람은 분노하고 화내고 짜증을 내는데, 어떤 사람은 웃으며 넘어갑니다. 오히려 그 환경을 즐기며 고난을 기쁨으로 바꾸어 버립니다. 이런 사람은 삶의 여유로움과 빨갛게 익은 앵두 같은 성숙함이 느껴집니다.

중년의 나이에 접어드니 매일 만나는 사람들이 달라 보이고 가까운 사람을 대하는 마음도 더 너그러워집니다. 삶에 대한 소중함을 더 깊이 배워가는 것 같습니다. 한 송이의 꽃을 보아도 더 자세히 보게 되고 깊이 보게 됩니다. 꽃은 우연히 피는 것이 아닙니다. 눈에 보이지 않지만 장미는 한 송이의 꽃을 피우기 위해 겨울부터 뿌리를 돌보고 자신을 계속 가꿉니다. 그리고 봄이 되었을 때 찬란한 꽃을 피웁니다. 열매가 맺히는 것도 그냥 맺히는 것이 아님을 배웁니다.

하루하루의 삶이 소중하다는 사실을 발견하면서 글을 쓰기 시작했습니다. 마음에서 나오는 울림들을 적어 보았습니다. 거미가 몸에서 실을 뽑아 입으로 집을 짓는 것처럼 내 안에서 울리는 소리들을 소중하게 글로 옮겼습니다. 책을 보다가 좋은 글을 만나 깨달았던 이야기도 함께 실었습니다.

이 보잘것없는 짧은 글들이 살아가는 기쁨을 회복하고, 더 행복한 삶을 살아가는 데 보탬이 되었으면 좋겠습니다.

2016년 장미꽃이 온몸을 불사를 때

박찬선

목차

제3장 깨달음이 있는 삶

제4장 배움이 있는 삶

제5장 추억 속으로의 시간 여행

살 아 가 는 기 쁨

제1장

느낌이 있는 삶

사람은 부드럽고 따뜻한 분위기를 좋아합니다.
그런 공간을 좋아합니다.
그런 분위기를 낼 줄 아는 사람을 좋아합니다.
이런 분위기는 아끼고 존중하는 마음이 있을 때 자연스럽게 만들어집니다.
우리는 아끼는 것을 소중하고 조심스럽게 다룹니다.
함부로 대하지 않고 무례하게 행하지도 않습니다.

깊은 적막으로 잠들어 있는 새벽을 깨우고 집을 나섰다. 현관문이 열리자 은은한 가로등 불빛 아래로 하얀 눈 세상이 펼쳐져 있다. 밤새 눈이 내려 온 세상을 하얗게 덮어버린 것이다. 집 앞 화단 위에도 주차장 위에도 자동차 위에도 눈이 가득 덮여 있다. 맨손으로 차창에 쌓인 눈을 거둬내는데 차가운 기운이 온몸으로 전해졌다.

어렸을 때부터 하늘에서 내려오는 것들을 유난히 좋아했다. 하늘에서는 비도 내리고 눈도 내린다. 비가 내리는 날은 비를 맞으며 하염없이 걷고 싶은 충동을 많이 느꼈다. 아무런 생각도, 손을 잡아줄 친구가 없어도 무작정 길을 나서고 싶었다.

가끔씩 비를 맞으며 운동장에서 친구들과 축구 경기를 했던 기억이 난다. 비를 맞으면서 운동을 하면 이상하리만큼 흥분이 되고 기분이 좋다. 그래서 괴성을 지르며 뛰어다녔다. 사람들이 이런 모습을 봤다면 '날구지'한다고 말했을 것이다. 비가 내린 후에 찾아오는 느낌도 좋다. 비가 내리고 나면 공기도 맑아지고 거리도 깨끗해진다. 나뭇가지에도 생명력이 왕성해지고 사람들의 발걸음에도 활기가 넘친다.

또 하늘에서는 눈이 내린다. 눈이 내리는 날에는 아침 일찍 밖으로 나가 아무도 밟지 않은 눈을 밟으며 걸었다. 검정 고무신을 신고 온 골목을 누비며 발자국 도장을 남겼다. 발자국 한가운데는 '타이야 표'라는 글씨와 타이어 모양의 그림이 선명하게 찍혀 있다. 발이 시리고 발가락이 아파 올 때까지 온 동네를 다니며 발자국을 남기고 집에 돌아와 눈사람을 만들었다.

눈은 하늘에서 내려와 온 세상을 하얗게 덮어버린다. 지저분한 것들도 덮어주고 멋지게 다듬어진 나무도 덮어주고 잘 지어진 집들도 덮어버린다.

하얗게 덮여 있는 눈으로부터 우리는 용서를 배울 수 있다. 용서란 덮어 주는 것이다. 상대방의 허물을 덮어 주고 잘못을 덮어주는 것이 용서이다. 그런 면에서 용서는 사랑이다. 사랑하면 허물을 덮어 준다. 잘못을 덮어 준다. 덮어 줄 때 사람은 다시 새롭게 살아갈 힘을 얻고 용기를 얻는다.

하늘에서 내린 눈이 온 세상을 덮을 때 사람들은 눈사람을 만든다. 눈이 세상을 덮어 새로워진 것처럼 자신도 새롭게 살고 싶은 마음 때문이리라. 덮어 주면 새롭게 시작할 수 있다. 덮어 주는 곳에 생명이 싹트고 소망이 싹트기 때문이다.

마음의 색상

아들이 유치원에 다닐 때 미술학원에 데리고 간 적이 있다. 초등학교에 다니는 누나들에게 그림을 배우게 하기 위해서였다. 학원 선생님은 아이들에게 도화지 세 장을 꺼내 각각 한 장씩 나누어 주고, 크레파스를 밀어 주면서 아무거나 생각나는 대로 그려 보라고 했다. 한참을 고민하던 아이들이 그림 그리기에 열중했다.

멍하니 의자에 앉아 그림을 그리고 있는 아이들을 바라보고 있으니 초등학생 시절 그림 그리던 생각이 떠올랐다. 형들과 함께 사용했던 크레파스 통에는 다 부러지고 닳고 닳은 크레파스 몇 조각만 굴러다녔다. 그래도 그림을 그리는 시간은 항상 행복하고 좋았다.

미술 시간에는 주로 산과 산을 연결해 그 사이로 해가 떠오르는 모습을 그렸고, 그 옆으로 파란 하늘에 두둥실 떠다니는 하얀 구름과 산 밑으로 구불구불 나 있는 황토색 길과 그 길을 따라 졸졸졸 흐르는 시냇물을 그렸다. 길 주변에는 초가집들이 자리를 잡았고 초가집 사이사이 커다랗게 솟아 있는 감나무들과 그 밑에는 장독대를 그렸었다. 길가에는 예쁘게 핀 꽃들과 그 꽃들 위로 우아하게 날아다니는 나비도 그려 넣었다. 크레파스는 부러지고 조각난 것이지만, 하나하나 정성을 다해 칠했다. 그리고 모자라는 색은 옆자리에 앉은 친구의 것을 빌려서 사용했던 기억이 난다. 가끔씩 친구가 싫은 내색을 할 때면 빌려 달라는 말도 못 하고 대충 마무리하면서 나도 언젠가는 24색 크레파스를 사고 말거야 다짐했었다. 초등학교를 마칠 때까지 24색 크레파스를 가져 보지 못했지만 그래도 미술 시간은 참 신나는 시간이었다.

30분 정도가 지나자 유치원에 다니는 아들이 다 그렸다고 하면서 그림을 선생님에게 내밀었다. 선생님이 아이의 그림을 찬찬히 보더니 이렇게 말했다.

"너는 아빠를 참 좋아하는구나!"

"어떻게 그림을 보고 그것을 압니까?"

"아이들의 그림을 보면 그 아이의 마음을 읽을 수 있어요."

선생님은 그림의 색깔이라든지 그림이 놓여 있는 위치 그리고 크기를 통해서 아이의 마음 상태를 읽을 수 있다는 것이다.

마음은 참 신비하다. 색깔이 있고 이 색깔들은 수시로 변하기도 한다. 불꽃 같은 빨간색이 되기도 했다가 숯덩이처럼 까만색이 되기도 하고, 활짝 핀 개나리처럼 노란색이 되기도 하고, 높은 가을 하늘처럼 파란색이 되기도 한다.

마음의 색상은 마음의 온도와 밀접한 연관이 있다. 마음이 차가우면 색상도 단순해진다. 겨울 산에 올라가 보면 나무들이 하나같이 똑같은 색으로 서 있다. 흙이 드러나 있고 풀들은 다 말라 있으며 나무들은 가장 단순한 색으로 서 있다. 그러나 온도가 올라가면 색상이 다양해진다. 파란 새싹이 돋아나고 빨갛고 노란 꽃들이 피고 형형색색 아름다움이 온 산을 수놓는다.

마음에 멋진 색깔의 그림을 그리고 싶다면 마음의 온도를 높여야 한다. 마음의 온도는 사랑할 때 올라간다. 사랑으로 마음이 채워지면 저절로 올라간다. 온도가 올라가면 마음에 형형색색의 크레파스가 준비된다.

매년 삼월이 되면 온 땅은 온도를 높이기 위해서 몸부림을 친다. 그래서 그런지 삼월은 언제나 몸살을 앓는다. 차가운 바람이 불었다가, 얼음도 얼었다가, 비가 왔다가, 눈이 내렸다가, 심하게 요동을 친다. 온도를 높이는 데는 이렇게 힘이 드는 것이다.

계절만 그런 것이 아니라 마음의 온도를 높이는 일도 쉽지 않다. 몸부림이 있어야 한다. 사랑과 용서와 희생과 헌신의 몸부림이 있어야 한다. 이런 몸부림을 통해 서서히 따뜻함이 온몸으로 퍼지게 된다.

이제 조금만 더 기다리면 온 세상은 수많은 색들로 채색되고 아름다운 색의 향연이 펼쳐질 것이다. 꽃과 나무들의 색의 잔치를 보게 될 것이다. 삼월을 살아내면서 마음의 온도를 높이고 싶다.

길을 찾아서

길은 신비하다. 길은 끝나는 지점에서 또 다른 길과 만나게 되고, 그 길은 또 다른 길과 이어지고 이어져 더 큰 세상으로 통한다. 광주에서 영암을 거쳐 완도로 향하는 13번 국도와 순천에서 출발해 동으로는 부산으로, 서쪽으로는 보성을 거쳐 완도도 이어지는 18번 국도는 내가 태어나서 자랐던 해남군 옥천면에서 서로 만나게 된다. 이 길은 고향의 깊은 향취를 가득 담고 있으며, 빛바랜 시간의 향취가 깊이 스며있는 곳이다. 난 이 길을 무척 좋아한다. '길 없음'을 만나 길을 묻고 싶을 땐 언제나 이 길을 찾아왔었다. 이곳은 언제나 생각의 시작점이 되었던 곳이다.

우리는 인생을 살면서 수없이 '길 없음'을 만난다. 길을 묻고 싶을 때 길을 떠나라는 말도 있다. 길 위에서 무수히 많은 것들을 만나게 되고 길을 걸으면서 많은 것들을 생각할 수 있기 때문이리라.

장영희 전 서강대학교 교수님은 생후 1개월 만에 소아마비 1급 장애인으로 혼자서 서서 걸어 다닐 수가 없었다. 초등학교에 다닐 때 밖에서 친구들과 어울려 놀고 싶었지만 걸을 수가 없어서 집안에서만 지내게 되었다. 이것을 안타깝게 여긴 엄마가 어린 영희를 길가와 연결된 집 대문 앞에 돗자리를 깔고 그곳에 앉혀 놓았다고 한다. 그러면 친구들이 와서 영희와 함께 놀기도 하고 영희가 함께 할 수 없는 놀이를 할 때는 가방을 지키게 한다든지 놀이의 심판을 맡아 달라고 하면서 꼭 함께 놀았다고 한다.

그러던 어느 날 혼자 문밖에 앉아서 친구들을 기다리며 놀고 있는데 엿장수 한 분이 지나가면서 어린 영희를 쳐다보더니 한동안 자리를 뜨지 못하고 바라보았다. 그리고는 엿 두 개를 영희의 손에 쥐여 주면서 "괜찮아."라는 말을 남기고는 가위질을 하면서 골목길로 사라졌단다. 그때 교수님은 엿을 그냥 받아도 "괜찮다."는 것인지! 아니면 소아마비로 인해 걷지 못해도 괜찮다는 것인지 잘 알지 못했다. 그런데 성장하면서 엿장수가 해줬던 "괜찮아."라는 말이 '길 없음'을 만나 힘들어 할 때마다 큰 힘이 되어 주었다고 한다.

고등학생 때 '길 없음'을 만났다. 그때 난 이곳을 찾았고 이곳에서 완도행 버스에 올라탔다. 땅 끝에 서서 바다를 향해 유치환 님의 시 「파도야 어쩌란 말이냐」「파도야 어쩌란 말이냐」를 수없이 외치고 또 외쳤었다.

군대를 제대하고 두 번째로 이곳에서 길을 물었다. 이번에는 13번 국도를 따라 올라가는 광주행 버스에 올라탔다. 광주에서 서울로, 서울에서 오산리까지 가는 길은 깜깜하고 어둡기만 했다. 숲길을 거닐면서 나무들에게 길을 묻기도 하고 지나가는 바람에게 길을 묻기도 했다. 절대자의 이름을 수없이 부르며 길을 묻고 또 길을 물었다.

세 번째 이곳을 찾았을 때는 결혼을 하고 첫째를 낳았을 때다. 이때는 나만의 막막함이 아니라 우리 부부의 '길 없음'이었다. 이 길에서 18번 국도를 타고 강진, 보성, 순천을 거쳐 부산으로 갔다. 처가가 부산에 있었기에 18번 국도를 지나간 것이다.

삶을 살아간다는 것은 수없이 길 없음을 만나고 새로운 길을 찾아 떠나는 과정이다. 그 길 위에서 사람을 만나고, 길가에 핀 예쁜 꽃들을 만나며, 지나가는 바람을 만난다. 그리고 새로운 길을 찾아 함께 기뻐하기도 한다.

장영희 교수는 대학원에 진학하기 위해 원서를 넣고 면접시험을 치르러 갔는데, 면접관 한 분이 우리 학교는 장애인은 뽑지 않는데 왜 지원했느냐고 핀잔을 주었다고 한다. 그때 장애를 가진 것만으로도 힘들고 고통스러운데 그 면접관의 말을 듣자 설움이 복받쳐 와서 견디기 힘들었지만 어린 시절 엿장수가 엿을 손에 쥐어주면서 "괜찮아."라고 했던 말이 생각이 났단다. 다시 용기를 내어 토플을 공부하고 미국 뉴욕에 있는 대학에 원서를 접수했는데 4년 장학생으로 선발되어 유학길에 오르게 되었고 박사학위를 받아 모교의 교수가 되었다. 장 교수는 3번의 암 수술을 받으면서도 꿋꿋하게 일어서서 많은 이들에게 행복을 전하는 일을 계속했었다.

길을 찾는 것은 인생이다. 수없이 반복해서 길을 찾고 찾으며 그렇게 우리는 살아간다.

고요함을 찾아서

점심을 먹고 느릿느릿 걸어서 뒷산에 갔다가 봄을 만났다. 긴 겨울이 지나고 따뜻한 봄이 오니 길가에는 파릇파릇 새싹들이 줄지어 피어오른다. 담장 밑에서는 이름 모를 꽃들이 수줍은 얼굴을 내밀며 하얗게 웃고 있고, 길게 뻗은 담장 위에는 물기 오른 개나리들이 금방이라도 노란 꽃망울을 터뜨릴 것 같다.

봄이 오는 길목은 고요하고 평화롭다. 어린 시절 봄이 오면 한가하게 늘어서 있는 밭두렁 논두렁을 걷는 것을 좋아했다. 파란 보리밭 길을 조용히 걷노라면 마음에 고요함이 밀려들었다. 난 고요함을 좋아한다. 시끄럽게 떠드는 것을 싫어한다. 고요함 속에 머물면 평안과 기쁨이 샘솟는다.

사람들은 혼자 있는 시간을 두려워한다. 그래서 더 분주하게 움직인다. 분주하게 움직이다 보니 마음을 살피고 가꿀 시간이 없다. 마음을 살피지 않으니 내면이 약하고 힘이 없다. 우리의 삶을 이끌어 가고 세우는 힘은 마음의 힘이다. 마음 에너지가 풍성한 사람은 항상 따뜻하고 친절하다. 그러나 마음 에너지가 약해지면 범사에 짜증이 많아지고 화를 자주 내게 된다.

침묵을 통해 내적인 힘을 키워야 한다. 우리에게 필요한 것은 내면의 고요함이다. 마음이 고요할 때 더 깊이 볼 수 있고 멀리 볼 수 있다. 미래를 볼 수 있는 통찰력을 얻을 수 있다.

무무라는 작가가 쓴 『오늘, 빼셈』이라는 책이 있다. 이 책에 이런 실화가 소개되어 있다. 미 항공 우주국에서 1970년 4월 11일 세 번째 달 착륙을 목표로 우주선을 쏘아 올렸다. 그런데 32만 1,860km까지 날아오른 아폴로 13호의 두 개의 산소통 중 하나가 폭발하는 사고가 일어났다. 더 큰 문제는 나머지 산소통 하나도 폭발할 위험에 놓이게 되었다는 것이다. 갑자기 통신이 두절되고 산소부족을 겪게 된 이 우주선이 엿새 뒤에 극적으로 무사 생환해서 전 세계인들을 놀라게 했다. 더욱 놀라운 것은 그들이 그 위기 가운데서도 무사히 귀환을 하기까지 처음부터 끝까지 모든 작동을 수동으로 이루어 냈다는 것이다.

어떻게 이런 일이 가능했을까?

무사 귀환한 우주인은 인터뷰에서 당시 상황을 이렇게 말했다.

“우주선 기체는 이미 작동이 불가능할 정도로 망가져 있었습니다. 우리는 결단해야 했지요.”

그들은 미 항공 우주국의 규정과 지시를 어기고 우주선의 모든 불을 꺼버렸다. 이것은 우주국 규정상 엄격하게 금지된 것이었지만 그들은 그 선택을 내릴 수밖에 없었다. 그런데 불이 꺼지자 놀라운 기적이 일어났다. 불을 끄는 순간 희미하게 보이던 지구가 선명하게 보이기 시작한 것이다. 그리고 태평양 바다에 비치는 형광빛 해초 군락이 보이기 시작했던 것이다. 우주선 안이 깜깜할수록 어디가 바다이고 어디가 땅인지 더욱 분명하게 보였던 것이다. 그 덕에 그들은 수동 조작으로 그곳에 안전하게 착륙할 수 있었고 모두가 살아날 수 있었다.

만일 그들이 자신들을 비추는 빛을 끄지 않았다면 정작 자신들이 봐야 할 빛을 보지 못했을 것이다. 그런데 눈앞에 있는 빛을 끄자, 자신들의 생명을 구하는 빛이 눈에 들어오게 된 것이다. 우리는 침묵에 이르는 훈련을 통해 고요함을 가꾸어야 한다. 내면의 고요함은 우리의 삶을 더 깊고 풍성하게 만들어 준다.

봄은 약동하는 계절이다. 산과 들이 기지개를 켜며 왕성한 활동을 시작한다. 나무들도 숲속의 동물들도 더 분주해진다. 농부들의 걸음걸이도 더 빨라지고 사람들의 마음도 분주해진다. 우리는 봄을 맞이하면서 마음의 힘을 키워야 한다. 내면의 힘은 느낌이 있을 때 자란다. 봄을 느끼고 생명을 느끼고 아름다움을 느낄 수 있을 때 키워지는 것이다.

웃음의 힘

오월의 산과 들에는 많은 꽃들이 피어난다. 기다란 담장을 타고 넘어와 새빨개진 얼굴로 미소 짓는 장미, 하얀 이를 드러내며 수줍은 웃음을 흘기는 구절초, 가파른 산턱에 우뚝 서서 진한 향기를 내뿜으며 여심을 유혹하는 아카시아, 연보랏빛 순한 향을 실어 보내는 라일락…….

꽃들은 참 부요하다. 무엇이든 소유하려고 하지 않는다. 화려한 꽃잎을 주고 코끝을 스치는 바람에 진한 향기를 담아 준다. 난 오월에 피는 꽃을 무척 좋아한다. 길을 걸을 때 스치는 아카시아 향이 좋고 아내의 생일이 다가왔음을 알려 주는 라일락 향기가 좋다.

꽃은 어떻게 피는 것일까? 소리 없이 핀다. 꽃은 고요함 속에서 핀다. 밤에도 낮에도 조용하다. 그러나 끊임없이 움직이며 서두름이 없이 핀다. 조급해하지 않으면서 멈춤이 없이 핀다. 인생도 마찬가지다. 서둘러서 뭔가를 이루려고 하면 오히려 일을 그르치게 되고 향기보다는 냄새를 풍기게 된다. 사람들은 향기는 좋아하지만 악취는 싫어한다.

며칠 전, 아파트 입구에서 엘리베이터를 기다리고 있는데 할머니 한 분이 유모차를 밀고 들어왔다. 나를 보곤 이 아파트에 사느냐 묻더니 오만 인상을 쓰고 불평불만들을 거침없이 쏟아내었다. 뭐가 그리 못마땅한지…….

향기로운 사람 주변에는 항상 사람들이 모여든다. 사람의 향기는 웃음에서 나온다. 사람들은 잘 웃는 사람들을 좋아한다.

웃음은 향기가 되어 옆에 있는 이들에게 세 가지 메시지를 전해준다.

"당신이 좋아요."
"함께 있어서 즐거워요."
"만나서 반가워요."

아르헨티나의 국모로 통하는 후안 에바 페론이라는 여인이 있다. 이 여인은 1930년대 말부터 40년대 초까지 아르헨티나의 라디오 방송국에서 성우로 일했다. 그러던 1944년, 아르헨티나의 새로운 군사 정부의 실력자였던 후안 페론 대령과 열애에 빠졌고 이 소식이 아르헨티나의 여러 대중 잡지에 대서특필되었다. 미모의 배우 겸 성우였던 에바 두아르테가 권력의 정상을 향해 가던 페론을 유혹했다는 내용이었다. 이 두 사람은 여러 가지 어려움을 겪지만 마침내 결혼에 이르게 된다.

1946년 2월, 후안 페론은 56퍼센트의 지지를 받으며 대통령에 당선되었다. 이제 에바 두르테는 영부인 에바 페론으로 거듭나게 되었다. 하지만 그녀는 영부인이 되자 이전과 완전히 달라졌다. 더 이상 사치스러운 옷을 입지 않았다. 모든 사람들에게 부드럽고 따뜻한 미소로 다가갔다. 어려움을 호소하는 국민들의 문제를 하나하나 해결해 주었고 대중들은 그녀를 “에비타”라 부르며 열광했다. 그녀는 이렇게 말했다.

“나는 다른 사람의 꿈이 실현되는 것을 지켜보기 위해 내 꿈을 접었습니다. 나는 내 영혼을 내 민족의 제단 앞에 기꺼이 바칠 것입니다. 나는 온 몸을 바쳐 여러분 모두를 미래의 행복으로 이끄는 다리 역할을 하겠습니다. 나를 밟고 지나가세요. 새로운 조국의 웅장한 미래를 향해서요.”

그녀는 병들고 가난한 사람들에게 더욱 가까이 다가갔고 그들에게 따뜻한 미소와 부드러운 웃음을 선물했다. 빈민 병원의 벽과 침대 시트, 심지어는 수건에까지 그녀의 이름이 새겨졌다. 시내 곳곳의 건물에는 환하게 웃는 그녀의 초대형 초상화가 내걸렸다. 누가 시켜서 한 일이 아니었다. 이 모두가 국민들의 자발적인 행동이었다. 하지만 그녀는 1952년 33살의 나이에 암으로 세상을 떠났다.

에바 페론이 죽은 후에 후안 페론은 크게 흔들렸고, 마침내 쿠데타가 일어나 대통령직에서 축출되어 1955년 9월에 파라과이로 망명을 했다. 그 이후 스페인 마드리드로 망명지를 옮겨 그곳에서 세 번째 결혼을 했다.

그런데 후안 페론의 망명 기간에 아르헨티나에서는 믿기지 않는 일들이 벌어졌다. 에바 페론을 사랑하고 존경하는 수백만 명의 시민들이 일어나 아르헨티나의 선거판을 움직였던 것이다. 에바 페론 덕분에 후안 페론은 1973년 6월, 국민들의 열광적인 환호를 받으며 조국으로 돌아왔고 이듬해 10월, 선거에서 다시 대통령에 당선되었다. 에바 페론은 죽어서까지 그의 환한 웃음으로 사람들의 마음을 붙잡았던 것이다.

웃음은 닫힌 문을 열어 주고 슬픔을 기쁨으로 바꾸어 준다. 웃음은 얼굴을 빛나게 만들어 준다. 웃음은 우리를 향기로운 사람, 매력 있는 사람이 되게 한다. 웃음은 주변 사람들에게 기쁨을 주는 향기이다. 사람들은 꽃향기도 좋아하지만 웃음이 주는 향기를 더 좋아한다. 웃음이 주는 향기를 더 사랑한다.

느낌이 있는 삶

'셸 실버스타인'이 쓴 동화 중에 「잃어버린 조각」이라는 동화가 있다. 이 동화의 이야기는 이렇다.

귀퉁이 한 조각이 떨어져 나가 온전치 못한 동그라미가 있었다. 동그라미는 너무 슬퍼서 잃어버린 조각을 찾아내기 위해서 길을 떠났다. 동그라미는 이곳저곳 여행을 하면서 노래를 불렀다.

"나의 잃어버린 조각을 찾고 있지요, 잃어버린 내 조각은 어디 있나요♪"

때로는 눈에 묻히고 때로는 비를 맞고 햇볕에 그을리며 이리저리 헤매고 다녔다. 그런데 한 조각이 떨어져 나갔기 때문에 빨리빨리 구를 수가 없었다. 그래서 천천히 힘겹게 구르다가 잠시 멈춰 서서 벌레와 대화도 나누고 길가에 핀 꽃 냄새도 맡았다. 어떤 때는 딱정벌레와 함께 구르기도 하고, 나비가 머리 위에 내려앉기도 했다.

동그라미는 오랜 여행 끝에 드디어 몸에 꼭 맞는 조각을 만났다. 이제 완벽한 동그라미가 되어 이전보다 몇 배나 더 빠르게 구를 수 있었다. 그런데 떼굴떼굴 정신없이 구르다 보니 벌레와 이야기하기 위해 멈출 수가 없었다. 꽃 냄새도 맡을 수가 없었고 휙휙 지나가는 동그라미 위에 나비가 내려앉을 수도 없었다.

노래를 부르려고 애를 써 보지만 너무 빨리 구르다 보니 숨이 차서 부를 수가 없었다.

"내 잃어버린 휙~ 조각을 휙~ 찾았지요, 휙~"

한동안 가다가 동그라미는 길을 멈추고, 찾았던 조각을 살짝 내려놓았다. 그리고 다시 한 조각이 떨어져 나간 몸으로 천천히 굴러가며 노래했다.

"내 잃어버린 조각을 찾고 있지요……."

나비 한 마리가 동그라미 위로 내려 앉았다. 한 조각이 떨어져 나간 동그라미는 삐뚤빼뚤 굴러갈 수밖에 없었다. 하지만 동그라미는 주변의 꽃들과 벌레들과 이야기하면서 아름다움을 느끼며 살아간다.

가끔은 꽃 냄새도 맡고 노래도 불러가며 함께하는 삶이 행복이 있는 삶이다.

지난 화요일은 공휴일이었다. 날씨는 제법 쌀쌀했고 차가운 바람이 옷깃을 여미게 했다. 오전에 집에서 여유를 부리다 점심을 먹고 아내와 함께 시내에서 조금 떨어져 있는 '허니듀'라는 카페에 갔다. 영화 속 한 장면에 나올 것 같은 고즈넉한 카페였다. 카페 앞에는 철새들이 무리를 지어 노니는 호수가 펼쳐져 있었고, 주변 사방으로는 산이 병풍처럼 둘러싸고 있어서 평안함을 더했다. 호수는 잔잔했고, 주변의 산과 파란 하늘과 하늘 위에 떠 있는 하얀 구름까지 다 품고 있었다.

호수가 내려다 보이는 창가에 자리를 잡고 시나몬 향이 그윽이 풍기는 카푸치노 한 잔을 천천히 마셨다. 조금 경쾌한 음악이 바깥 분위기와 어울리지 않았지만 창문을 통해 부서질 듯 쏟아지는 햇살은 봄의 향연을 느끼기에 충분했다.

호수 위 이곳저곳을 유영하는 철새들을 바라보며 조용히 눈을 감았다. 봄은 따뜻한 남풍을 타고 보석처럼 쏟아지는 햇살을 품고 내 마음 깊은 곳에 내려앉았다.

바쁘게 살아가는 현대인들의 삶에는 느낌이 없다. 쉼이 없고 안식이 없다. 두려움과 염려로 항상 피곤하다. 충혈된 눈으로는 아무것도 볼 수 없다. 느끼기 위해서는 잠시 멈춰야 한다. 멈출 때 주변이 보인다. 아파하는 아이가 보이고 외로워하는 이들이 보인다.

멈춤은 음악에서 쉼표와 같은 것이다. 음악은 음표들이 조화를 이루어 아름다운 소리를 만들어 내는 것이다. 모든 음악에는 반드시 쉼표가 있다. 쉼표가 없다면 우리의 짧은 호흡으로는 노래를 부를 수 없게 된다. 쉼표가 없는 음악이 존재할 수 없는 것처럼, 우리의 삶에도 쉼표 없는 행복은 존재할 수 없다.

우리의 삶에 박자는 중요하지 않다. 4분의 2박자든지 4분의 4박자든지 크게 문제될 것은 없다. 그러나 쉼표는 반드시 필요하다. 오늘의 쉼표가 내일 더 아름다운 멜로디를 만들어 낼 수 있기 때문이다.

같이 놀자

어린 시절 가장 가슴을 뛰게 했던 한마디는 "같이 놀자."였다. 시골에서 살았기에 같은 동네 친구들과 많이 어울렸지만, 가끔은 다른 동네 친구들과 어울려 놀 때가 있었다.

한번은 옆 동네 살았던 친구랑 이야기하면서 집을 향해 걷고 있었다. 갈림길이 나타났을 때 친구가 "우리 집에 가서 같이 놀래?" 하고 물었다. 그 말이 너무 좋았다.

"같이 놀래?"라는 말이 "나랑 특별한 친구 할까?"라는 말로 들렸기 때문이다. 그날 오후 내내 친구 집에서 숙제도 같이하고 딱지치기도 하면서 신나게 놀았다.

지금은 대학생이 된 딸이 초등학교 다닐 때 “친구를 어떻게 사귀니?” 하고 물었다. 딸은 아주 쉽다고 대답을 하면서 먼저 친하게 지내고 싶은 아이를 선택하고 그 친구에게 “같이 놀래?”라고 말하면 금세 친구가 된다는 것이다.

요즘 엄마들은 아이들이 친구들과 같이 어울려 놀면 큰일 나는 줄 안다. 아이들을 학원으로 보내 뭐라도 배우게 해야 한다고 생각하는가 보다. 험악한 세상에서 살아남으려면 공부를 잘해야 한다고 생각하는 것이다. 아이들은 놀아야 한다. 또래 아이들과 함께 어울려서 많이 놀아야 내면이 건강한 아이로 성장하게 된다.

마리아 슈라이버라는 아동 문학 작가가 쓴 『티미는 뭐가 잘못된 거야?』라는 책이 있다. 이 책은 케이트라는 여덟 살짜리 소녀가 이웃에 새로 이사 온 소년이 혼자 공놀이를 하고 있는 것을 보고 “엄마, 쟤는 왜 저래?”라는 질문을 하는 데서 시작된다.

다운증후군으로 정신박약인 티미가 공놀이를 하는 모습이나 말할 때 이상하게 발음하는 것이 보통 아이들과는 달랐기 때문이다. 엄마는 케이트를 티미에게 데리고 간다. 그리고 티미에게 케이티트를 소개하면서 티미도 ‘너와 하나도 다를 게 없는 아이’라고 말해 준다.

"네가 산수 문제를 풀 때 어려워하듯이 티미는 무엇을 배우는 데 조금 더 시간이 걸릴 뿐이란다."

엄마의 말을 이해한 케이트는 티미와 따뜻한 인사를 나누고, 함께 농구를 하자고 제안을 하고, 자연스럽게 다른 친구들도 가담해서 함께 놀게 되는 이야기이다. 함께 놀 때 마음이 열리고 사랑을 배우게 된다.

탐 설리반이라는 시각장애인 사업가는 자신의 인생을 송두리째 바꾼 말이 있는데, 그 말은 "같이 놀래?"였다고 말한다. 어렸을 때 집에서 혼자 놀고 있는데 옆집에 살던 아이가 찾아와서 "같이 놀래?"라고 말해 주었을 때 자신도 다른 사람과 똑같은 사람임을 깨닫게 되었고, 크게 용기를 얻었다고 한다.

같이 노는 것을 두려워해서는 안 된다. 특히 아이들이 친구들과 함께 노는 것을 말려서는 안 된다. 같이 놀 줄 아는 아이가 더 행복한 삶을 살아가게 된다. 인생의 목적은 돈을 많이 벌고 모으는 것이 아니다. 크게 성공해서 명예를 얻기 위한 것도 아니다. 인생은 짧다. 아이들은 노는 법을 배우고 함께 놀아야 한다.

요즘 아이들은 함께 어울려 놀 줄을 모른다. 여름 수련회에 아이들을 다 데리고 갔을 때였다. 물놀이를 할 수 있는 풀장도 있었고 물에서 놀이를 할 수 있는 기구들도 많이 있었다. 그런데 아이들이 함께 어울려 놀지를 못했다. 기껏해야 튜브를 타고 노는 정도였다. 안 되겠다 싶어 아이들을 이끌고 풀장으로 가서 물에서 비치볼로 배구하는 법을 가르쳤다. 가운데 실수한 사람을 앉게 하고 비치볼로 때리는 게임이었다. 놀이에 재미를 느낀 아이들이 즐거운 비명을 지르기 시작했다. 서먹서먹했던 아이들이 금세 하나가 되었다. 놀면서 마음이 열린 것이다.

어른들도 함께 어울려 노는 시간이 필요하다. 아내와 나는 집에 늦게 들어온다. 일을 끝내고 집에 들어오면 저녁 10시쯤 된다. 씻고 나면 잠깐이기는 하지만 침대에 누워 책을 읽는다. 아내는 이것이 항상 불만이다. 함께 놀 시간이 없다는 것이다. 아내는 책 그만 보고 자기하고 놀자고 말한다. 난 노는 것을 잘 못한다.

금요일과 토요일에는 저녁에 집에 들어오면 아이들이 모두 안방으로 몰려와서 같이 놀자고 할 때가 많다. 아예 안방 침대를 점령하고 앉아 비켜 주지 않을 때도 있다. 엄마 아빠와 놀고 싶은 모양이다. 이때도 난 책을 손에 잡고 있을 때가 많다. 내가 생각해도 어른이 된 난 정말 놀 줄을 모르는 것 같다.

미국 911 테러 당시 세계무역센터로 출근했다가 돌아오지 않는 아내를 찾아 거대한 콘크리트 잔해 주위를 서성거리는 마이클이라는 남자가 있었다. 그때 이 사람을 인터뷰한 것이 뉴스에 보도된 것을 보았다. 이 남자는 아내의 시신이라도 찾기 위해 아내가 사용했던 칫솔을 소중하게 싸서 가져와 눈물을 글썽이면서 말했다.

"그 끔찍한 날 아침으로 시간을 되돌릴 수 있다면 얼마나 좋을까요. 아침에 서로 직장에 가느라 바빠 눈도 제대로 못 맞추었습니다. 그 사람의 눈을 한 번 더 볼 수 있다면, 그 사람을 한 번만 더 안을 수 있다면, 한 번만 더 사랑한다고 말할 수 있다면……."

같이 노는 것을 두려워하지 말자. 아내와 남편이 함께 시간을 보내고 온 가족들이 함께 시간을 보낼 수 있는 것은 최고의 행복이며 축복이다.

만약에

우리의 삶은 끝없는 선택의 연속이다. 학교를 선택하고, 직장을 선택하고, 배우자를 선택하고, 살아갈 장소를 선택한다. 선택은 자유이지만 항상 선택 뒤에는 책임이 따른다. 그러다 보니 살아가는 동안 "만약에"라는 아쉬움이 남는다.

"만약에"라는 말을 들을 때 항상 생각나는 이야기가 있다.

1918년 여름, 종군기자 신분으로 참전했던 열여덟 살의 앳된 청년이 있었다. 이탈리아 전선에서 적의 공습을 받아 다리에 큰 부상을 입고 정신을 잃었다. 정신을 차린 남자의 눈에 가장 먼저 들어온 것은 한 여자의 맑고 그윽한 눈동자였다. 그리고 그 남자의 한

마디…….

"사랑해요."

이 한마디의 말에 얼마나 많은 진심이 담겼는지 그 자신도 알지 못했다. 여자는 전혀 놀라는 기색 없이 따뜻한 눈으로 남자를 바라보다가 상처 부위를 소독했다. 여자의 눈에 남자는 어린 청년일 뿐이었다.

얼마 뒤 청년의 상처에 염증이 생겨 고름이 차기 시작했다. 전쟁으로 인해 모든 상황이 열악했기 때문에 담당 의사는 다리를 절단해야 한다고 결론을 내린다. 그러나 간호사였던 그 여자는 강력하게 반대했다. 아직 어린 청년에게 평생 한쪽 다리가 없이 살아가게 하는 것은 너무나 가혹한 일이라고 생각했기 때문이다. 여자는 남자의 다리를 지키기 위해 두 시간마다 정성을 다해 소독을 하고 약을 발라 주었다. 그렇게 일주일을 밤낮으로 고생한 덕분에 염증이 사라지고, 남자는 목발을 짚고 병실을 걸어 다닐 수 있게 되었다.

여자는 남자와 마주칠 때마다 "꼬맹이, 이제 고향에 돌아가서 여자 친구랑 춤을 출 수 있을 거야."라고 놀렸다. 그때마다 남자는 여자의 눈을 바라보며 "난 고향에 있는 여자애들이랑 춤을 추고 싶지 않아요. 내가 춤을 춘다면 오직 당신하고만 출 거예요."

여자는 남자보다 일곱 살이나 많았다. 하지만 남자는 끈질기게 여자를 쫓아다녔다. 시간이 흐른 후, 여자는 다른 부대로 이동하게 되었다. 남자의 다리도 거의 나아가고 있었다. 여자는 급하게 떠나느라 남자에게 작별인사도 못 하고 편지 한 장과 끼고 있던 반지를 남긴 채 사라졌다.

어느 날 목발을 짚은 남자가 여자 앞에 나타났다.

"내일 아침, 6시 기차로 떠나요. 난 미국으로 돌아가요. 기차역 앞에 있는 여관에서 기다릴게요."

남자도 부대의 명령에 따라 귀국을 앞두고 있었다. 작고 허름한 여관방은 문을 닫으면 금방 사랑의 낙원이 되었다. 여자는 남자의 발등에 올라가 그를 안고 춤을 추었다. 그날 밤 그들은 어디선가 들려오는 왈츠의 선율 속에서 영원히 잊을 수 없는 밤을 보냈다.

다음날 새벽, 해가 뜨자 남자와 여자는 서로 반대 방향 기차를 타야 했다. 여자는 포탄이 빗발치는 전쟁터를 향해 갔고 남자는 미국으로 돌아갔다. 기차가 움직이기 시작하자 남자는 창밖으로 고개를 내밀고 아이처럼 소리를 질렀다.

"날 사랑한다고 말해줘요 빨리 말해줘요, 난 당신을 정말 사랑.해요."

여자는 "나도 사랑해요."라고 목청껏 외치고 싶었지만 입속에서 만 맴돌고 말았다. 귀국 후 남자는 열심히 여자에게 편지를 보냈다. 그는 늘 여자의 안부를 걱정했고, 두 사람이 미래를 함께할 집을 생생하게 묘사하기도 했다. 하지만 여자의 답장은 점점 줄어들었고, 결국 이별을 통보했다. 여자는 오랜 고민 끝에 미국이 아닌 이탈리아를 선택한 것이다.

남자는 고향 집 근처의 호숫가에서 매일 술을 마시고 괴로워하며 시간을 보냈다. 도저히 이해할 수가 없었다. 그렇게 헌신적으로 자신을 돌봐주고 순수한 마음으로 자신의 사랑을 받아줬던 여자가 왜 행복을 앞두고 갑자기 마음이 돌아섰는지…….

약혼식 날, 약혼자의 손을 잡고 왈츠를 추던 여자는 갑자기 심장이 찢어질 것처럼 아팠다. 허름한 여관방에서 남자와 왈츠를 추던 기억이 떠올라서였다. 그 순간 여자는 깨달았다. 자신이 정말 그 남자를 뼛속까지 사랑하고 있다는 것을…….

그날 밤, 여자는 아무 말 없이 짐을 꾸려 이탈리아를 떠나 그 남자가 있는 고요하고 아름다운 호숫가로 찾아갔다. 이제 여자는 망설이지 않고 자신 있게 말할 수 있었다.

"사랑해."

그러나 서로 얼굴을 마주하는 순간, 전혀 다른 세계에 와 있는 것 같은 느낌이 들었다. 지난날의 순수하고 열정적인 모습은 어디에도 남아있지 않았다.

"다시 그때로 돌아갈 수 없어."
"내 마음은 지금도 널 간절히 원해."

여자가 눈물을 흘렸지만 남자에게는 그 여자를 받아 줄 열정이 남아 있지 않았다. 두 사람은 자연스럽게 손을 놓고 각자의 삶으로 돌아갔다. 두 사람은 그 이후로 영원히 만나지 못했다. 남자는 여자와 이별한 후, 고집스럽고 괴팍한 마초가 되었다. 여자는 남자에게 문학적 재능이 있는 것을 알고 있었지만 나중에 노벨 문학상까지 타게 될 줄은 꿈에도 몰랐다. 남자는 평생 네 번 결혼을 했고 예순 두 살의 나이에 스스로 삶을 마감했다.

이야기 속의 남자는 어니스트 헤밍웨이이다. 그리고 여자는 아그네스 폰 쿠로보스키이다. 그녀는 오랫동안 옛 사랑을 잊지 못하다가 서른여섯 살에 결혼했다. 아그네스는 국제 적십자에서 일하면서 간호사 최고의 영예인 나이팅게일상을 수상했다. 그녀는 회고록에 이렇게 기록했다.

"지난 70여 년간 그는 가장 깊은 사랑이었다. 우리는 그 후로 두 번 다시 만나지 못했지만, 난 70년 동안 줄곧 그를 떠올렸다. 만약에 그때 그 사람이 날 받아줬더라면, 나중에라도 다시 날 찾아왔더라면 우리의 운명은 전혀 달랐을 것이다. 운명은 언제나 수많은 만약을 남기는 법이다."

"만약에"라는 말에는 늘 깊은 아쉬움이 남아 있다. 만약에 그때 이렇게 했더라면 좋았을 것을, 만약에 그때 그 사람과 결혼했더라면 좋았을 것을…….

선택은 우리의 미래를 결정한다. 그래서 우리는 좋은 선택을 해야 한다. 좋은 선택은 지혜로움에서 온다. 지혜는 분별력이다. 그리고 분별력은 깊은 사고와 훈련을 통해 얻어진다.

좋은 느낌

가을바람이 부는 날 산에 오르면 느낌이 좋다. 이마를 스치는 시원함이 좋고, 나뭇가지들이 흔들리는 모습도 좋고, 나뭇잎들이 서로 부딪히며 내는 소리도 좋다. 느낌이 좋다는 것은 사랑한다는 것이다. 사랑은 느낌이다.

사람은 느낌이 좋은 곳을 좋아한다. 밥을 먹으러 가는 식당도 느낌이 좋으면 밥맛이 좋다. 똑같은 차를 마셔도 느낌이 좋으면 맛이 다르다. 느낌이 좋은 사람과 함께 있으면 시간 가는 줄 모른다. 느낌이 좋은 책을 읽을 때는 전혀 지루하지 않다. 책 속에서 빠져나올 때 얼굴에 행복한 미소가 가득 채워져 있다.

반대로 느낌이 거북한 사람과 함께 있는 것은 고통이다. 어제 저녁에 아내가 경영하는 약국에서 책을 펴 읽고 있는데 40대 중반쯤 되는 남자분이 약국 문을 열고 들어왔다. 감기약을 사러 온 것이다. 아주 잠깐 머물다 나갔는데 느낌이 좋지 않았다. 이분이 들어오는 순간부터 정체를 알 수 없는 냄새가 코를 찌르기 시작했기 때문이다.

나의 아내는 느낌이 좋다. 나를 볼 때마다 환하게 웃는 게 좋고, 나와 함께 있는 시간을 좋아해서 좋고, 끊임없이 배우고 성장하는 모습이 좋다. 아들을 바라볼 때도 느낌이 좋다. 매일 저녁 늦게 학교에서 돌아와 "다녀왔습니다." 인사하는 게 좋고, 늦은 시간이라 피곤하고 지쳐있을 텐데도 안방에 들어와 자리 잡고 앉아서 이야기하는 아들의 여유 있는 모습이 좋다. 좋은 느낌을 가지고 산다는 것은 참 행복한 일이다.

좋은 느낌을 얻는 방법은 의외로 간단하다. 좋은 느낌은 내가 좋게 보기 시작할 때 얻을 수 있다. 내가 좋게 보면 모든 것이 좋게 보인다. 어떤 사람을 좋게 보면 그 사람의 모든 것이 좋아 보인다. 말하는 것도, 웃는 것도, 밥 먹는 것도, 그 사람의 콤플렉스까지도 좋아 보인다.

좋게 보는 마음은 사랑하는 마음이다. 사랑하면 보인다. 전에는 보이지 않던 것들이 보인다. 장점이 보이고, 가능성이 보인다. 현재만 보이는 것이 아니라 미래가 보이며, 미래에 변화되는 모습까지 보게 된다. 그러나 사랑하지 않으면 나쁜 면만 보게 된다. 약점만 주목해서 보게 되고 눈에 거슬리는 것만 보게 된다. 사랑이 문제인 것이다. 사랑하면 많은 것이 달라질 수 있다.

우리는 마음이 무디어지고 차가워지는 것을 조심해야 한다. 차갑고 딱딱한 것은 죽어 가는 것이다. 무덤은 어둡고 차갑다. 어둡고 차가운 곳에서는 생명이 자라지 못한다. 생명은 따뜻함 속에서 싹이 트고 잘 자란다. 봄이 되면 따뜻한 봄기운으로 인해 새싹이 돋아 나오는 것과 같은 이치이다.

제일 좋은 마음은 따뜻하고 친절한 마음이다. 따뜻하고 부드러운 마음이 사람을 살린다. 따뜻한 마음에서 향기로운 언어가 나오고 온화한 미소가 나오며 부드러운 눈빛이 나온다. 따뜻한 마음은 사랑할 때 생기는 것이다. 사랑하면 마음의 온도가 올라간다. 사랑하면 따뜻해진다. 가을바람이 심하게 부는 것을 보니 겨울이 올 것 같은 느낌이 든다. 더 사랑함으로써 마음의 온도를 높이면 더 행복한 겨울이 될 것이다.

마음에 담긴 노래

노란 개나리가 꽃망울을 막 터트리던 봄날, 아침을 먹으면서 아내가 고등학생 아들에게 "봄이 되면 마음에 떠오르는 노래 있니?" 하고 물었다. 잠깐 생각하던 아이가 "벚꽃엔딩이요."라고 말했다. 너무 생소했다.

"아니, 그런 노래도 있어?"

"아빠, 이 노래가 얼마나 유명한 노래인데요. 봄이 시작되자마자 시내에 가면 도처에서 들을 수 있어요!"

"누가 부르는 노래야?"

"버스커버스커가 불러요."

봄이 되면 아들의 마음에 울리는 노래는 어떤 노래일까! 궁금해졌다. 인터넷을 검색해 보니 세 명의 젊은 청년들이 아주 밝고 경쾌하게 노래를 하는데 절로 어깨가 들썩거렸다.

벚꽃엔딩 – 버스커버스커

그대여 그대여
그대여 그대여 그대여

오늘은 우리 같이 걸어요, 이 거리를.
밤에 들려오는 자장노래, 어떤가요.
oh yeah

몰랐던 그대와 단 둘이 손잡고
알 수 없는 이 떨림과 둘이 걸어요.

봄바람 휘날리며 흩날리는 벚꽃 잎이
울려 퍼질 이 거리를 둘이 걸어요.

봄바람 휘날리며 흩날리는 벚꽃 잎이
울려 퍼질 이 거리를 둘이 걸어요.
oh yeah(후략)

〈벚꽃엔딩〉은 2006년부터 9년 동안 한국 가요 팬들이 가장 많이 검색하고 가장 많이 다운로드 받은 노래라고 기록되어 있었다. 충격이었다. 이렇게 유명한 노래인데 단 한 번도 들어 보지 못했다니! 틀림없이 몇 번 정도는 들었을 것이다. 몇 번을 반복해서 들어 보니 아주 귀에 익은 걸 보면 더욱 그렇다.

벚꽃이 만개한 월요일에 아내의 손을 잡고 호수가 한눈에 내려다보이는 찻집을 찾았다. 햇살이 잘 드는 창가에 하얀 튤립꽃이 봄의 향기를 더했다. 편안한 소파에 앉아 카푸치노를 마시면서 아내에게 물었다.

"봄이 되면 마음에 떠오르는 노래 있어요?"

아내는 결혼 초에 살았던 동네의 골목길을 걸었을 때 불렀던 노래라고 하면서 〈칵테일 사랑〉을 즉석에서 몇 소절 불렀다.

칵테일 사랑 – 마로니에 프렌즈

마음 울적한 날엔 거리를 걸어보고
향기로운 칵테일에 취해도 보고
한편의 시가 있는 전시회장도 가고
밤새도록 그리움에 편질 쓰고파

모차르트 피아노 협주곡 이십 일번

그 음악을 내 귓가에 속삭여 주며

아침 햇살 눈부심에 나를 깨워줄

그럴 연인이 내게 있으면

나는 아직 순수함을 느끼고 싶어

어느 작은 우체국 앞 계단에 앉아

프리지아 꽃향기를 내게 안겨줄

그런 연인을 만나봤으면(후략)

아내의 마음에는 노란색 프리지아 꽃향기와 함께 아침햇살 사이로 울려 퍼지는 봄의 노래가 있었다. 아내는 부르던 노래를 멈추고 나에게 물었다.

"봄이 되면 생각나는 노래 있어요?"

한참을 생각해도 생각나는 노래가 없었다.

"참 삭막하게 살았구나."

카푸치노 한 모금을 입에 머금고 눈을 감았다. 마음 깊은 곳에서 한 컷의 그림과 함께 음악이 들려오기 시작했다.

파란 보리밭 위에 높이 떠서 노래하는 종달새 우는 소리였다.

어린 시절 보리밭 사이를 걸어 다니는 것을 무척 좋아했다. 높은 하늘에 떠서 종알거리는 종달새 소리도 좋아했다. 종달새는 종달종달 거린다고 종달이라 부르기도 하고 노골노골, 지리지리 하고 운다고 '노고지리'라고도 부른다.

어린 시절에는 새들이 노래하는 소리도 듣고, 아지랑이 피어오르는 들판도 보고, 라디오를 통해 흘러나오는 송창식의 〈가나다라마바사 아자차카타파하〉도 들었는데…….

도시에 올라온 뒤로는 아무런 소리도 듣지 못했다. 들리지 않았는지 듣지 못했는지 내 마음에는 노래가 없다. 겨우 생각해 낸 봄 노래가 "봄이 오면, 산에 들에 진달래 피고…." 중학교 때 학교에서 배운 노래가 전부이다.

아내와 찻집을 나와 호수를 거닐며 봄을 느끼며 봄 속으로 들어갔다.

좋은 분위기

앞산도 뒷산도 노란색, 빨간색 옷으로 갈아입었다. 날씨도 제법 쌀쌀해져서 가을 분위기가 풍긴다. 난 분위기를 좋아한다. 간단하게 먹는 식사라도 조용한 분위기에서 편안하게 먹는 것을 좋아한다. 혼자 사무실에서 차를 마실 때도 가장 예쁜 잔에 막 끓인 물을 붓고 차를 충분히 우린 다음에 음악을 들으며 천천히 마신다.

분위기에도 색깔이 있다. 특히 가을은 많은 색깔을 가지고 있다. 가을은 사랑하기 좋은 분위기를 만들어 준다. 사랑은 분위기이다. 예쁜 사람 주변에는 도와주겠다고 나서는 사람들이 많다. 청소도 도와주고, 무거운 짐도 대신 들어 주고, 혼자 걷고 싶은데도 같이 걸어 주겠다고 따라 나서는 사람이 많다.

사랑은 온유하다는 말이 있다. 온유라는 말은 분위기가 부드럽고 따뜻하다는 것이다.

몇 주 전에 고등학교에 다니는 아들이 학교 끝나고 집에 오자마자 가방을 멘 채로 잠을 청하고 있는 나에게 다가왔다. 그리고 학급아이들과 선생님이 함께 찍은 단체 사진을 들이밀면서 이렇게 말했다.

"아빠, 이 사진 좀 봐 주세요."

일어나서 방에 불을 켜고 사진을 찬찬히 살펴보았다. 젊은 남자 선생님들과 사내아이들이 자신들만의 다양한 포즈를 취하고 찍은 사진이었다.

"언제 찍은 사진이야?"
"2학기 중간고사 끝나고 선생님과 함께 사진관에서 찍었어요. 나 어디 있는지 찾아보실래요?"

찬찬히 들여다보며 아들을 찾다가 맨 뒷줄에 하얀 이를 드러내고 웃고 있는 아이를 가리키며 "애가 너구나." 했더니 금방 찾아냈다고 좋아한다.

사진을 보는데 사진 속에 숨어 있는 분위기가 참 좋았다. 해맑게 웃고 있는 아이, 오만가지 인상을 쓰며 자신만의 개성을 표현하려 애쓰는 아이, 넉넉하면서도 부드러운 분위기를 풍기는 선생님…….

고등학교에 입학하고 얼마 안 되었을 때 아들에게 학급 분위기를 물었던 적이 있다. 그때 아들은 "그냥 그래요."라고 말했다. 그런데 봄이 지나고 여름이 지나고 가을이 되면서 아이들도 더 무르익고 성장했나 보다.

아들은 학급 담임선생님을 많이 좋아한다. 누나밖에 없어서 형이 있었으면 좋겠다는 말을 하면서 자란 아들이 선생님을 형님같이 생각하나 보다. 고등학교에 부임 받은 지 2년차밖에 안 된 선생님인데 아이들을 대할 때 마치 친근한 형님 같은 분위기를 만들어 주나 보다.

사람들은 부드럽고 따뜻한 분위기를 좋아한다. 그런 공간을 좋아한다. 그런 분위기를 낼 줄 아는 사람을 좋아한다. 부드럽고 따뜻한 분위기는 아끼고 존중하는 마음이 있을 때 자연스럽게 만들어진다. 우리는 아끼는 것을 소중히 다루고 조심스럽게 다룬다. 함부로 대하지 않고 무례하게 행하지도 않는다.

아끼고 존중하는 마음은 관심을 가져주는 것이다. 관심을 갖는다는 것은 마음에 담고 늘 생각하는 것이다. 가까운 사람을 마음에 담고 늘 생각하는 것처럼 행복을 주는 것은 없다. 우리는 사랑하는 사람을 마음에 담는다. 그래서 사랑하면 행복해진다. 소망이 생기고 기쁨이 넘치게 된다. 사랑은 내 마음대로 조종하려고 하는 것이 아니다. 사랑은 자유를 주는 것이다. 사랑하는 이가 마음껏 자유롭게 하늘을 향해 날아갈 수 있도록 새장을 열어 주는 것이다.

또한 언제든지 다시 돌아올 수 있도록 보금자리를 만들어 주는 것이다. 사랑하면 좋은 분위기가 만들어진다. 사랑하면 좋은 관계가 만들어지고 주변에 좋은 사람들도 많아진다. 올 가을은 더 깊이 사랑하고 싶다. 더 밝고 더 따듯한 분위기를 만들고 싶다.

은행잎 편지

비에 젖은 오후, 잠깐 짬을 내어 까만색 우산을 쓰고 황금빛 조명이 눈부신 은행나무 가로수 길을 걸어본다. 길을 재촉하는 빨강 노랑 파랑 우산들이 출렁거리며 연신 스치고 지나간다. 바람이 지날 때마다 비에 젖은 은행잎들이 우수수 쏟아져 내린다. 가던 길을 멈추고 젖은 은행잎을 줍는 소녀가 눈에 들어온다. 노란색 이파리가 가던 길을 붙잡았나 보다.

어린 시절 우리 동네에는 대나무로 둘러싸여 있는 집이 있었는데 그 집 뒤편에 아주 커다란 은행나무가 있었다. 이렇게 차가운 비가 내릴 때쯤 은행잎은 노랗게 물이 들어 주변을 환하게 비춰 주었다.

지금처럼 차가운 비가 내리는 날이었다. 주인 몰래 집 뒤쪽으로 나있는 사립문으로 들어가 대나무 숲 속을 헤집고 다니며 노란 은행잎을 한 잎 한 잎 모았다. 그중에 제일 색깔이 곱고 예쁜 것들은 따로 모아 깨끗하게 씻어 두꺼운 책 속에 하나하나 끼우고 다듬잇돌로 눌러 놓았다.

군복무 시절, 국회의사당은 온통 은행나무로 둘러싸여 있었다. 아름드리 은행나무들이 여기저기에 자리를 잡고 있었고, 여의도 광장 쪽에서 KBS 방송국 쪽으로 나 있는 길가에도 온통 은행나무가 길게 줄지어 있었다. 하루에 두세 번씩 그 길을 지나가며 가을이 깊어 감을 아쉬워했다.

대학 1학년 때였다. 지금처럼 가을비가 내리고 있었고 학교 정원에는 노란색 조명을 켜놓은 것처럼 은행나무들이 빛을 발하고 있었다. 하늘에도 바닥에도 온통 노란 빛깔 천지였다. 친구 하나가 한참 동안 물끄러미 창밖을 응시하더니 갑자기 강의실 문을 열고 빗속으로 뛰어갔다.

한참 후에 나타난 친구는 나에게 편지봉투 하나를 내밀었다.

“가을이야.”

봉투를 열어 보니 비에 젖은 은행잎이 가득 채워져 있었다. 지금도 노란색 은행잎들은 보면 이 친구가 생각이 난다.

제2장

공감하는 삶

공감능력을 키우기 위해서는 마음을 살필 줄 알아야 한다.
마음은 살펴 주지 않으면 상처를 받게 되고
상처받은 마음은 상한 음식처럼 냄새를 풍겨 사람들의 접근을 차단한다.
상처가 난 마음은 아무것도 느낄 수가 없다.
단지 의심과 미움과 질투와 시기심 같은 잡초들만 무성하게 자랄 뿐이다.

공감

〈태양의 후예〉라는 드라마가 많은 이들에게 사랑을 받고 있다. 시청률 30%를 쉽게 돌파했고, 동시에 방영되고 있는 중국에서도 큰 반향을 일으키며 새로운 한류 바람을 몰고 오고 있다. 아직 한 번도 본 적이 없어서 어떤 장르의 드라마인지 내용이나 줄거리가 어떤지 전혀 알지 못한다. 한데 아침 신문이나 인터넷 뉴스를 보면 온통 〈태양의 후예〉 이야기들로 가득 차 있다. 드라마 주인공의 말투는 이미 유행어가 되었다.

"~ 이지 말입니다."

이 드라마는 어떻게 단시간에 이렇게 열광적인 지지를 얻을 수 있었을까? 대중들의 공감을 이끌어 내는 스토리가 있었기 때문일 것이다. 사람들은 공감하면 마음을 열게 되고 공감하면 좋아하게 된다. 공감하면 이야기하게 되고 공감하면 사랑하게 된다.

공감 하면 떠오르는 소설이 하나 있다. 오 헨리가 쓴「강도와 신경통」이라는 소설이다. 어느 집에 강도가 들었다. 부스럭거리는 소리에 잠을 깬 주인은 강도와 마주치게 되었고, 강도는 총을 들이대며 "손 들어!"라고 말했다. 집주인은 너무 놀라 손을 들었는데 왼손만 들고 있었다. 당황한 강도는 주인을 향해 "두 손 다 들어!"라고 명령했다.

그때 주인은 "나는 신경통이 너무 심해 오른손을 들 수가 없다."고 말했다. 그러자 강도의 얼굴 표정이 바뀌며 "신경통이라고요! 사실은 나도 신경통 때문에 다니던 직장에서 해고되고 이 짓을 하고 있소."라고 말했다.

이때 주인은 아내를 시켜 차를 내오게 하고 서로 신경통에 대해서 이야기를 시작했다. 이렇게 시작된 대화가 서로의 아픔을 털어놓으면서 날이 밝을 때까지 계속되었다. 서로의 아픔을 공감해 주다보니 마음이 열리고 서로 통하게 되어 강도가 손님으로 변한 것이다.

공감이란 무엇일까? '공감'이라는 말은 '공통된 감정'의 줄임말이다. 다시 말하면 마음과 마음이 통했다는 말이다. 마음과 마음이 통할 때 좋은 관계가 만들어지고 행복지수가 높아진다. 공감능력이 높은 사람은 많은 사람의 사랑을 받는다. 공감능력을 키우면 사람에 대한 이해의 폭이 넓어진다.

공감능력을 키우기 위해서는 마음을 살필 줄 알아야한다. 마음은 살펴주지 않으면 상처를 받게 되고 상처받은 마음은 상한 음식처럼 냄새를 풍겨 사람들의 접근을 차단한다. 상처 난 마음은 아무것도 느낄 수 없다. 단지 의심과 미움과 질투와 시기심 같은 잡초들만 무성하게 자랄 뿐이다.

의처증이 있는 한 남편이 있었다. 그는 아내를 믿지 못하고 집에 돌아오기만 하면 다른 남자가 다녀간 흔적을 발견하려고 온 집안을 샅샅이 뒤졌다. 그러다가 어느 날 긴 머리카락 하나를 발견했다.

"이거, 어느 놈 머리카락이야?"

아내는 자신의 머리카락이라고 항변했지만 남편은 믿지 않았다. 다음 날 남편은 짧은 머리카락을 발견하자 "이제 군인과 사귀는군!"이라 말하면서 아내를 몰아붙였다. 아내는 할 말을 잃었다. 그 후로 아내는 남편이 돌아오기 전에 머리카락 하나 없이 깨끗하게 청소해 놓았다. 남편은 구석구석 다 뒤져도 아무 것도 발견하지 못하자 아내를 향해 이렇게 윽박질렀다.

"이제는 대머리와 사귀는군!"

우리나라 사람들은 '통'하는 것을 좋아한다. 마음과 마음이 통하면 감동을 얻게 되고 큰일을 이루게 된다.

2002년 월드컵 16강전이 열리고 있었다. 상대는 대회의 강력한 우승 후보였던 아주리 군단, 이탈리아였다. 대한민국은 이탈리아와 대등한 경기를 펼쳐 나갔다. 그러다가 전반 초반에 먼저 페널티킥을 얻었다. 모든 관중들이 숨을 죽이고 키커로 나선 선수를 주목했다. 주심의 호루라기 소리가 들리고 키커는 달려들면서 골문을 향해 힘차게 공을 밀어 찼다. 그런데 공은 골문을 벗어나버리고 말았다.

"아~"

긴 탄성이 관중석에서 흘러 나왔다. 키커는 머리를 감싸고 주저앉았다. 고통의 순간이었다. 그때 갑자기 관중들이 외치기 시작했다.

"괜찮아! 괜찮아! 괜찮아~~"

처음에는 작은 소리였지만 그 소리는 점점 커졌고 모든 국민들이 함께 "괜찮아, 괜찮아"를 외치기 시작했다. 그 이후 먼저 한 골을 넣어 줬지만 후반 막판에 선수들이 힘을 내 한 골을 넣었고 연장전에서 페널티킥을 실축했던 그 선수가 헤딩으로 골든골을 넣으면서 경기는 종료되었다.

마음과 마음이 통하는 곳에는 감동이 있다. 사랑이 있고 이해가 있고 행복이 있고 기쁨이 있다. 날씨도 따뜻해졌고 가는 곳마다 꽃이 피어나고 있다. 아름다운 자연을 보면서 공감능력을 키워 나가야겠다.

정원을 가꾸는 삶

일전에 남도에 내려갔을 때 친구가 소개해 줬던 책 한 권이 있었는데 그 책에 깊이 빠져들었다. 『삶을 바꾼 만남』 제목부터가 예사롭지 않아 찬찬히 읽어 내려가다 책에 완전히 매료되어 손에서 놓을 수가 없었다.

다산 정약용 선생님께서 전라남도 강진으로 유배를 갔을 때 그곳에서 많은 제자들을 키웠지만 다산 선생이 가장 아끼고 사랑했던 제자는 황상이라는 분이었다. 황상은 아전의 자식으로 태어나 공부에는 별로 뜻이 없었는데, 다산 선생님을 만나 학문에 정진하게 되고 그의 삶은 완전히 변화되었다고 한다.

다산 선생님은 유배 생활을 시작한 지 1년이 지났을 무렵부터 시골에 서당을 열고 아전의 자녀들을 가르치게 되었다. 다들 볼품이 없었지만 그중에 말을 하면 금세 알아듣고 행동으로 옮기는 영민한 아이가 있어서 공부가 끝난 뒤에 남게 했다.

그리고 그에게 이렇게 말하셨다.

"공부를 열심히 해야 한다. 큰 사람이 되어야지, 게을러서는 못 쓴다."

그때 소년이 스승에게 말했다.

"선생님, 그런데 제게는 세 가지의 문제가 있습니다. 첫째는 너무 둔하고, 둘째는 앞뒤가 꼭 막혀 있으며, 셋째는 답답합니다. 저 같은 아이도 정말 공부할 수 있나요?"

그때 다산 선생님은 "배우는 사람에게 있어 보통 세 가지의 문제가 있는데, 너에게는 그것 중에 하나도 없구나."라고 말씀하시면서 그 큰 문제 세 가지를 말씀해 준다.

"첫째는 민첩하게 외우는 것이요, 둘째는 예리하게 글을 잘 짓는 것이며 셋째 깨달음이 재빠른 것이니라."

오늘날에는 이 세 가지가 학문하는 사람들에게 가장 필요한 것이라고 말하겠지만 다산 선생님은 이 세 가지가 학문을 가로는 가장 큰 적이라고 말씀하셨다. 그리고 그 말씀을 글로 적어 소년에게 주면서 벽에 붙여 놓고 늘 마음을 다잡도록 했다.

이 소년의 이름이 황상이었고, 그는 다산 선생님의 가르침에 크게 감동을 받았다. 그 이후 황상은 다산 선생님의 가르침을 받아 차곡차곡 학문을 쌓아나가 조선 후기 최고의 문장가가 된다.

다산은 제자들에게나 아들들에게 '마음 가꿈 중요성'을 많이 강조를 했다. 특별히 아들들이 마음을 다잡고 학문에 전념하게 하기 위해 서재의 이름을 '삼사재三斯齋'로 이름을 지어 주었는데 그 뜻은 사납고 거만함을 멀리하고, 비루하고 속된 삶을 멀리하며, 신의 있는 사람이 되어야 한다는 것이다.

또한 다산은 자신이 귀양지에서 처음으로 연 서당의 이름을 '사의재四宜齋'라고 하였는데 그 뜻은 '생각은 담백해야 하고, 외모는 장중해야 하며, 말은 과묵하고 동작은 무겁게 해야 한다'는 의미이다.

다산은 마음뿐만 아니라 주변을 가꾸는 일을 중요시했다. 집 안쪽의 빈 땅에 나무를 심고 꽃을 심어 그것들이 자라 꽃을 피우고 열매 맺는 과정을 살펴보며 글을 쓰는 것을 좋아했다. 다산이 본래 살았던 한양의 집은 비좁아서 많은 나무와 식물들을 심을 수 없었기에 화분을 이용해 심었다고 한다. 특별히 다산이 좋아했던 꽃은 두 가지였는데 작약이라고 불리는 함박꽃과 국화꽃이다.

작약은 집안에 1백여 뿌리나 재배할 정도로 좋아했고 「작약단」이라는 시가 세 수나 전해지고 있다. 또한 국화 역시 수십 종을 가꾸었으며 국화에 대해서 쓴 시도 여러 편이 된다고 한다.

다산 선생님은 국화에 대해서 이렇게 말씀하셨다.

“여러 꽃 중에서 국화는 특별히 빼어난 점이 네 가지가 있다. 꽃을 늦게 피우는 것이 하나요, 오래 견디는 것이 하나며, 짙은 향기가 하나요, 곱지만 야하지 않고 깨끗하나 쌀쌀 맞지 않은 것이 하나다.”

글을 읽는데 어린 시절의 어렴풋한 기억 한 조각이 흐릿한 흑백 사진처럼 떠올랐다. 어렸을 때 살았던 시골 집 풍경이었는데 집 뒤편에서 꽃밭을 가꾸고 있는 모습이었다. 어린 시절 살았던 시골 집은 다산의 귀양지인 다산 초당에서 8km쯤 떨어진 곳에 위치해 있다.

내가 어렸을 때 우리 시골 마을에는 집집마다 작은 화단이 있었다. 그 화단에 각종 꽃들을 심었다. 초등학교 저학년 때 내가 살던 집은 볏짚으로 지붕을 덮은 초가집이었다. 집 뒤편에는 작은 꽃밭이 있었다. 봄이 되었을 때 큰누님과 형들은 그 꽃밭을 손질했다. 주변에 돌을 세워 울타리처럼 연결하고 흙을 파서 부드럽게 한 다음 여러 종류의 꽃씨를 심었다. 국화도 몇 뿌리 심었고 작약 뿌리도 구해다 심었다.

날이 따뜻해지자 집 뒤편에 만들어 놓았던 꽃밭에는 많은 싹이 올라와 꽃이 피기 시작했다. 얼마나 좋았던지 매일 학교에서 돌아오면 제일 먼저 꽃밭으로 가서 꽃들을 살폈다. 빨간 장미꽃이 피고, 보라색 꽃도 피고, 하얀 접시꽃도 피고, 노란색 꽃들이 화단 한쪽에서 만발했다. 화단에는 많은 나비들이 날아왔고 벌들도 날아왔다.

초등학교 6학년쯤 되었을 때 내가 손수 우리 집 화단을 가꿀 수 있는 기회가 생겼다. 그때쯤 우리 집은 옆집을 사서 본래 살던 집은 헐어 마당으로 사용했기에 화단의 크기가 더욱 커졌다.

봄이 되었을 때 형들이 했던 것처럼 먼저 삽으로 땅을 파서 흙을 부드럽게 하고 여기 저기 뻗쳐 있던 뿌리들을 정리해 한곳에 옮겨 심었다. 한참 이곳저곳을 파내려가고 있는데 화단 한쪽에서 마늘

같이 생긴 알뿌리들이 쏟아져 나왔다. 도대체 이것은 무슨 꽃일까 생각하다가 금세 그것은 수선화라는 것을 알게 되었다. 수선화는 고등학교에 다니고 있었던 형이 가져와서 심어두었는데, 죽지 않고 땅속에 알뿌리로 숨어 있었던 것이다. 수선화를 조심스럽게 캐내어서 햇볕이 잘 드는 곳에 심어두었다.

날씨가 따뜻해지자 화단은 금세 활력을 찾았다. 이곳저곳에서 수많은 싹이 올라오기 시작했고 금세 꽃이 피기 시작했다.

제일 먼저 핀 꽃은 수선화였다. 수선화는 맑고 투명한 노란색 꽃을 피웠는데 바라보고 있으면 눈이 부실 지경이었다. 매일 아침에 일어나면 수선화를 보기 위해 꽃밭으로 달려갔다. 꽃밭에서는 수선화에 이어서 장미꽃이 피고 접시꽃도 피고 백일홍도 피고 계속해서 꽃이 피었다. 가을이 되자 화단에 노란 국화꽃이 가득 피었다.

다산 선생님께서 말씀하신 대로 국화는 네 가지의 빼어난 점이 있었다. 꽃을 오래 피우고, 오래 견디고 짙은 향기가 있으며 곱지만 야하지 않고 깨끗하나 쌀쌀맞지 않아 좋았다.

요즘도 난 작은 꽃밭을 만들어 놓고 봄이 되면 거기에 여러 종류의 꽃을 심는다. 백일홍도 심고, 백합도 심고, 튤립도 심고, 수국도 심고, 국화도 심는다. 봄부터 올라오는 꽃들을 바라보며 마음을 가꾸는 일을 한다.

다산 선생님은 귀양지인 다산에 초당을 짓고 그곳에 정원을 가꾸셨다. 초당 앞에는 연못도 만들고, 뒤편에는 대나무를 심고, 연못 주변으로 수많은 꽃들을 심어 가꾸었다. 그의 제자였던 황상 역시도 일속산방을 가꾸어 그곳에 많은 꽃들을 심고, 특히 치자나무를 많이 심었다고 한다.

인생은 가꿈을 통해 더 아름다워지는 것이다. 가꾸지 않는 화단은 금세 잡초로 무성해지고 만다. 우리의 삶도 매일매일 잡초를 뽑아주고 물을 주고 흙을 부드럽게 해주어야 한다. 때때로 거름을 주어야 한다. 그때 꽃이 피고 아름다운 향기가 나며 나비도 벌도 날아오게 되며 삶은 더욱 아름다워진다.

가을에 마시는 커피

초가을 스산한 바람이 불어올 때 주전자에 생수 한 컵을 붓고 부글부글 끓는 소리를 듣는 것은 여간 큰 기쁨이 아니다. 지난주에 아내가 선물 받은 것이라고 하며 가을 냄새가 깊이 밴 커피 상자를 내밀었다. 그 상자에 적힌 문구를 보니 '원두커피의 새로운 귀족'이라 쓰여 있었다. 커피의 품격을 말하고 싶었던 모양이다.

늘 사무실에 설치되어 있는 자판기 커피만 마셨던 터라 '원두커피의 새로운 귀족'에 대한 기대가 점점 더 커졌다. 상자 뚜껑을 열어보니 또 다른 작은 상자들이 나온다. 각기 맛이 다른 커피들을 작은 네 개의 상자에 12개의 티백씩 포장을 해서 넣어둔 것이다. 헤이즐넛, 블루마운틴, 아로마 컬렉션, 재즈….

커피에도 재즈 맛이 있었나? 먼저 재즈라고 쓰여 있는 상자에 손이 간다. 상자를 뜯고 티백 하나를 꺼냈더니 가을 분위기에 어울리는 고운 그림이 그려진 비닐 포장이 진한 향을 내뿜는다.

벌써 주전자에서는 커피물이 잘 익은 소리가 들린다. 진한 밤색 머그컵에 물을 붓고 티백을 물에 넣었더니 누런 가을바람을 타고 향기가 온 방 안에 진동한다. 잠시 소파에 앉아 코끝을 스치는 향을 음미한 후 김이 모락모락 올라오는 커피 한 모금을 입에 머금고 등을 완전히 기대어 본다. 행복감이 머리에서부터 발끝까지 전해왔다.

하루가 지나고 이틀이 지나도 그날의 커피 향은 계속 진동한다. 사무실에도 내 혀끝에도….

견딤의 시간

해마다 2월이 되면 기다리는 것이 있다. 따뜻한 미소와 함께 찾아오는 봄 햇살이다. 기다림이 있기에 차갑게 부는 바람을 견딜 수 있다. 견딘다는 것은 힘든 일이다. 그렇지만 견뎌야 할 때는 견뎌야 한다. 견딤이 있어야 미래가 있기 때문이다.

겨울 자체는 좋아하지만 추위는 싫어한다. 우리 몸의 에너지 중 70%는 체온을 유지하는 데 사용된다고 한다. 11월부터 시작된 겨울은 2월을 지나 3월까지 지나야 끝이 난다. 매년 다섯 달 동안을 온몸으로 추위를 감싸 안으며 견디는 것이다. 견딤을 통해 기다림을 배운다.

로키산맥 해발 3,000m 높이에 수목의 한계 지대가 있다. 이곳에서 자라는 나무들은 너무나 매섭고 추운 바람 때문에 곧게 자라지 못하고 마치 사람이 무릎을 꿇고 기도하는 듯한 모습으로 서 있다고 한다. 눈보라가 얼마나 심한지 이 나무들은 생존을 위해 그렇게 무릎을 꿇게 된다는 것이다. 그런데 이 나무들은 세계에서 가장 비싼 값에 팔려 나간다. 이 나무들은 집을 짓는 데 사용되는 것도 아니고 책상이나 가구용품을 만드는 데 사용되는 것도 아니다. 이 나무로는 세계에서 가장 공명이 잘되는 명품 바이올린을 만든다. 이 나무로 만든 바이올린은 수십억에 팔려 나간다고 한다.

우리는 견딤을 과소평가해서는 안 된다. 인생의 승리는 견딤을 통해서 얻어지는 것이기 때문이다. 일본에 있는 최고의 목조건축물을 호류지라고 부른다. 니시오까 가문은 이 호류지를 1,400년 동안이나 대대로 지켜 왔다. 화재의 위험도 있었고 전란의 위기 가운데서도 꿋꿋이 이 건축물들을 지켜낸 것이다. 니시오까 가문은 본래 궁궐의 건물을 짓고 건물을 돌보는 궁중 목수 가문이다. 그들이 천 년이 넘는 목조 건물을 세울 수 있었던 까닭은 천 년 이상을 견딜 수 있는 오래된 소나무를 사용하기 때문이라고 한다. 니시오까 가문 사람들은 천 년 이상 가는 건축물을 세우려면 천 년 이상 견딘 소나무를 사용해야 한다고 가르친다. 천 년 이상을 견딘 나무는 천 년 이상 쓰임을 받을 수 있다는 것이다. 오랫동안 쓰임 받기 위해서는 오래 견디는 훈련이 필수인 것이다.

요즘 사람들의 특징은 조금만 어려움이 찾아와도 견디지 못한다는 것이다. 힘겹게 들어간 직장도 단 한 번의 고비를 참지 못하고 그만두고 나오는 일이 부지기수다. 그렇게 사랑한다고 고백하며 만난 지 100일을 기념해서 장미꽃 100송이를 받은 것을 시작으로 결혼식을 올릴 때까지 수도 없이 선물을 주고받았으면서도 돌아설 땐 한 순간의 망설임 없이 돌아서 버린다. 일을 할 때도 잘 풀리지 않으면 너무 쉽게 포기해 버린다. 견디는 것을 싫어하고 견딤을 어려워한다. 무엇이든지 쉽고 빠르게 이루기만을 바란다.

하나님은 무엇이든 빠르게 이루려는 마음을 싫어하신다. 뜸이 잘 든 밥이 맛있는 것처럼, 견딤을 통해 성숙해지고 원숙해진 인생이 맛이 있고 깊이가 있다.

이제 2월도 막바지를 향해 달려가고 있다. 따뜻한 봄 햇살이 미소를 지으며 온 세상을 깨울 날도 머지않았다. 막바지에 이른 추위를 즐기며 견뎌 보자. 봄은 남쪽에서 부는 따뜻한 바람을 타고 성큼성큼 우리 곁에 다가오고 있다.

눈길(시선)

약국 창가에 앉아 혈압계에 팔을 넣고 창밖을 내다보다 우연히 그 옆을 지나치고 있던 초등학교 친구와 눈길이 마주쳤다. 깜짝 놀랐다. 친구도 놀랐는지 약국 문을 힘차게 밀고 들어오더니 흥분된 목소리로 인사를 했다.

사람들 중에는 누군가의 시선을 끌고 싶어 하는 분들이 있다. 그런가 하면 사람들의 눈길을 부담스러워하는 분들도 있다.

몇 년 전에 명품 핸드백에 중독 증세를 보이는 젊은 여자와 인터뷰하는 것을 텔레비전에서 본 적이 있다. 이분의 방에는 온갖 종류의 명품 핸드백들이 색깔별, 모양별로 가득 채워져 있었다. 그것도 모자라서 일본에서 발행되는 명품에 관한 잡지를 구독해 가면서 새로 나온 디자인의 가방을 구입한다고 했다. 50만 원짜리부터 500만 원 하는 핸드백이 방 안 가득 잘 정리되어 있었다.

"왜 그렇게 명품 핸드백을 선호합니까?"

"이것들을 들고 다니면 사람들의 눈길이 느껴져요, 저를 쳐다보는……."

결국 사람의 눈길을 끌기 위해서라는 것이다. 우리는 알게 모르게 사람들의 눈길을 의식하며 살아간다.

초등학교 4학년 가을운동회 때 있었던 일이다. 4학년부터 6학년 남자 전체가 하는 매스게임이었는데 양손에 태극기를 들고 하는 체조였다. 이 매스게임을 위해 거의 두 달 정도를 오후에 수업도 하지 않고 연습을 했다. 양손에 들 태극기는 집에서 직접 만들어 와서 연습을 했다. 나는 운동회 전날에 태극기를 다시 만들었다. 멋지게 보이기 위해서였다. 저녁에 아버지가 술에 취해서 들어오셨는데, 그림을 그린다고 야단을 쳐서 대충 마무리를 짓고 도망치듯 빠져나왔다. 그래서 그런지 태극기가 맘에 들지 않았다. 태극기를 들고 학교에 갔지만 사람들이 날림으로 만든 내 태극기를 보고 비웃을 것만 같았다. 그 태극기를 들고 매스게임을 참여한다는 것이 자꾸 부끄러운 생각이 들었다.

결국 그 태극기를 학교 운동장 옆에 있는 논에 버리고 태극기 없이 매스게임을 마쳤다. 40년이 지난 지금도 그때 그 일을 잊을 수가 없다.

1년 전쯤 한 신문에 20대의 젊은 청년이 길을 가다가 70대 노인을 무차별적으로 폭행했다는 기사를 보았다. 경찰에 체포된 청년은 길을 가는데 할아버지가 자신을 쳐다보아 기분이 나빴다고 말했다. 자신을 바라보는 눈길이 부담스럽고 힘들었다는 것이다.

어떤 사람들은 눈길에 목말라한다. 그 목마름이 경쟁심을 만들어 내기도 하고 미움을 만들어 내고 허영심을 부추기기도 한다. 눈길을 끌고 싶어서 고급 브랜드 외제차를 끌고 다니고 명품으로 도배를 하고 다닌다. 그런데 어떤 사람들은 자신을 바라보는 눈길이 거북하고 부담스러운 것이다. 물론 부담스러운 시선이 있다. 비웃음으로 바라보는 눈길, 무시하듯 바라보는 눈빛, 멸시와 조롱이 담긴 차가운 시선이 그렇다.

나이가 들어 중년이 되고 보니, 다른 사람의 눈길은 아무런 의미가 없음을 알게 되었다. 값비싼 명품 핸드백을 들고 다니나 비닐봉지 하나 간당간당 들고 다니나 속에 든 내용물이 중요하지 겉으로 보는 것은 아무것도 아니라는 것을 깨달은 것이다.

다른 사람의 시선을 의식하며 살아가는 것은 다 시간 낭비일 뿐이고, 내 자신의 가치를 깎아내리는 일이며 내 삶의 소중한 것들을 작게 조각내어 조금씩 하수구에 버리는 일이다. 있는 그대로 보여주며 사는 삶이 안식을 주고 평안을 준다.

덕분에

우리가 흔히 쓰는 말 중에 "덕분에"라는 말과 "때문에"라는 말이 있다. 이 말들은 똑같은 상황을 어떻게 해석하느냐에 따라 달리 사용되는 언어이다. 성숙한 사람은 "덕분에"라는 말을 자주 하지만 미숙한 사람은 "때문에"라는 말을 많이 사용한다.

큰딸이 유치원에 다닐 때 블록 쌓기를 아주 좋아했다. 딸 옆에 앉아 블록을 쌓는 모습을 바라보고 있노라면 멋진 건축물을 만들고자 하는 열의와 진지함이 느껴지곤 했다. 그런데 가끔씩 날벼락을 맞을 때가 있다. 블록을 높이 쌓다가 무너지면 딸은 나에게 화를 내면서 말했다. "아빠 땜에!" "아빠 땜에!" 나는 손도 대지 않고 가만히 보고만 있었는데 나 때문에 블록이 무너졌다는 것이다. 어이가 없다. 하지만 어쩌겠는가! 아직 어린아이인 것을…….

성숙한 사람일수록 고난에 반응하는 태도가 다르다. 그래서 나이가 들고 성장하면 "덕분에"라는 말을 자주 하면서 살아간다.

내가 고등학교에 다닐 때 도심지에 나와 자취생활을 했다. 가끔씩 쌀과 반찬을 가지러 집에 내려가면 아버지께서는 항상 자취방 주인의 안부를 묻곤 하셨다. 내가 자취방으로 돌아갈 때마다 집 주인에게 안부 전하라는 말씀을 빼놓지 않으셨다. 그래서 자취방에 도착하면 제일 먼저 집 주인 아주머니를 찾아뵙고 시골에 잘 다녀왔다고 인사를 하면서 "아버님이 안부 전하라고 하셨습니다." 하고 말씀을 드렸다. 그때 집 주인 아주머니가 하는 말씀은 항상 똑같았다.

"덕분에 잘 지낸다고 전해 줘."

처음에는 이 말이 도무지 이해가 되지 않았다. 아버지는 자취방 주인 아주머니를 한 번도 본 적도 없다. 그냥 인사말로 안부를 전한 것인데 "덕분에" 잘 지낸다니.

그러나 나이가 들면서 "덕분에"라는 말의 의미를 알게 되었다. "덕분에"라는 말에는 서로를 향한 배려와 신뢰가 담겨 있다.

일본 재계의 신적인 존재 '마쓰시다 고노스케'라는 분이 있다. 이 분은 '파나소닉' '내쇼날' 등의 상표를 만들어 내고, 570개의 기업을 세우고, 산하에 13만 명의 종업원을 거느린 대기업의 총수였다.

어느 날 한 기자가 마쓰시다 고노스케 회장에게 질문했다.

"회장님은 어떻게 이토록 거대한 기업을 일으키게 되었습니까?"

그때 회장은 이렇게 말했다.

"나에게는 세 가지 유리한 조건이 있었습니다. 첫째는 내가 11살 때 부모를 잃은 것이고, 둘째는 내가 초등학교밖에 나오지 않은 것이며, 셋째는 내가 태어날 때부터 병약했던 것입니다. 11살 때 부모를 잃음으로써 자립하는 자세를 가질 수 있었고, 초등학교밖에 나오지 않아서 항상 나보다 더 많이 배운 사람들의 말을 경청했으며, 몸이 약해서 건강관리를 잘해서 이렇게 90살까지 살 수 있었습니다."

그는 가난 "때문에"라고 탓하지 않았다. 오히려 가난 "덕분에" 평생 근검절약할 줄 알아 부자가 됐다고 말했다. 그는 초등학교도 제대로 졸업하지 못했다. 하지만 배우지 못했기 "때문에"라고 탓하지 않았다. 오히려 배우지 못한 "덕분에" 평생 남들보다 더 많이 배우려고 노력했다고 말했다.

마쓰시다 고노스케는 몸도 약했다. 하지만 몸이 약했기 "때문에"라고 핑계 대지 않았고, 오히려 몸이 약했던 "덕분에" 더 조심하고 삼가면서 건강을 챙겨 95세가 넘도록 장수할 수 있었다고 말한 것이다. 고난에 대한 해석과 반응이 정말 탁월한 분임을 알 수 있다.

"덕분에"라는 말은 우리를 더욱 성장할 수 있게 만들어 준다. 우리는 고난으로 인해 더욱 지혜로워지고 강해질 수 있다. 고난은 우리를 멈추게 한다. 멈추게 되면 더 깊이 볼 수 있는 안목이 생긴다. 더 깊이 보게 될 때 바르게 볼 수 있고 분별할 수 있는 지혜가 생긴다. 고난을 통해 더 깊이 보고 분별할 수 있는 지혜를 얻게 될 때 감사할 수 있게 된다.

감사는 언제나 "덕분에"라는 말을 하면서 살아가게 만들어 준다. 가까운 사람들에게 "당신 덕분에"라는 말을 해보자. 큰 기쁨이 강물처럼 넘칠 것이다.

따뜻한 마음

따뜻한 햇살 한 자락이 정원을 향해 미소를 짓는다. 겨우내 얼었던 땅이 금세 따듯해지고 새로운 생명들이 고개를 내밀며 반갑다고 인사를 한다. 따뜻한 미소는 소중한 선물이다. 따뜻한 미소는 마음속 깊이 간직하고 싶은 사랑의 언어이다. 사랑의 언어는 우리의 마음 깊이 스며들어 서로에게 용기를 주고 소망을 얻게 한다. 큰 소리로 말하지 않아도 눈을 마주칠 때 옅은 미소 한 번 지어주면 되는 것이다.

무슨 일을 하든지 먼저 마음을 살펴야 한다. 아무리 위대한 성취를 했다고 하더라도 오만한 마음으로 그 일을 이루었다면 그 일은 향기롭지 못하다. 그러나 작은 성취라도 부드럽고 겸손한 마음으로 행하였다면 그 일은 향기를 발하게 된다. 우리 안에는 더 다정한 사람이 되고자 하는 좋은 마음이 있다.

다정하고 친절한 사람이 되고 싶다면 훈련이 필요하다. 먼저 자신을 사랑으로 품어주고, 자신을 따뜻한 모습으로 바라보는 훈련이다. 자신을 소중히 여길 줄 아는 마음에서 주변을 아끼는 마음이 나온다. 그때 우리는 더 높은 차원의 삶을 살 수 있게 된다.

해프닝

일상을 살아갈 때 가끔씩 '우연히 일어나는 일' 때문에 웃기도 하고 울기도 한다. 특별히 작은 실수들로 일어난 일들을 해프닝이라고 하는데 이 단어를 떠올릴 때마다 어린 시절 경험했던 재미난 이야기들이 떠오른다.

초등 1학년에 입학하고 얼마 지나지 않아 5월쯤에 운동회가 열렸다. 넓은 운동장을 가득 채운 학부형들, 그리고 청군 백군으로 나눠진 전교생들의 열기는 대단했다. 서로 이기기 위해 함성을 질렀고 자녀들을 응원하는 학부형들의 목소리는 하늘 높이 울려 퍼졌다.

드디어 초등 1학년 달리기가 시작되었다. 키가 작았던 친구들부터 여섯 명씩 줄을 지어 앉아 있다가 선생님께서 호루라기를 불면 목표점을 향해 뛰어가는 것이다. 그런데 첫 번째로 뛰었던 친구들에게 문제가 생겼다.

여섯 명의 친구들이 선생님의 호각소리가 울리자마자 동시에 뛰기 시작했다. 그때 한 친구가 맨 앞으로 바람처럼 질주해 나갔다. 코너를 돌아 목표점이 얼마 남지 않아 모두가 1등을 할 것이라고 생각하는 순간 이변이 일어났다. 그 친구의 어머니가 1등 하는 아들을 보면서 얼마나 좋았던지 아들을 향해 소리를 지르기 시작했다.

“아들아, 1등 하면 과자 사줄게!”

친구는 그렇게 시끄러운 함성들 가운데서 어떻게 엄마의 목소리를 들었는지 갑자기 학부형들이 모여서 응원하는 곳으로 들어가 버렸다. 엄마를 찾기 위해서였다. 그런데 더 재미있는 일은 2등, 3등 하는 친구들까지 다 그 친구를 따라 들어간 것이다.

그때 1등은 4등으로 달렸던 친구가 차지했다. 정말 웃지 못할 해프닝이었던 것이다. 이런 작은 실수는 오랫동안 기억에 남아 이야깃거리를 만들어 주기도 하고, 웃음을 선물하기도 한다.

실수라면 나 역시 일가견이 있는 사람이다. 초등 4학년 때 있었던 일이다. 하루는 갑자기 선생님께서 수업을 멈추고 누런색 종이 한 장씩을 나누어 주시면서 집에 있는 물건들을 체크하라고 하셨다. 종이 위에는 텔레비전, 라디오, 총, 전축, 냉장고, 반도, 단도 등 여러 물건의 이름이 쓰여 있었고, 자기 집에 있는 것에는 표시를 했다.

친구들도 표시하면서 누군가가 "집에 총이 있는 집도 있어?"라고 묻자 대산 사는 친구들이 하나같이 명석이 집에는 총이 있다고 말했다. 나도 몇 개 정도는 표시하고 싶었는데 우리 집에는 표시할 것이 아예 없었다.

그런데 눈에 띄는 것이 반도였다. 반도가 무얼까 잠시 고민을 하고 있는데 몇 달 전에 도심지에서 고등학교를 다니다 집에 왔던 형님 이야기가 생각이 났다. 형님이 집에 오면서 친구에게 얻었다며 군인들이 허리에 매는 요대를 가져왔었는데, 그것을 '반도'라고 불렀던 것 같았다. 그래서 일단 반도가 집에 있다고 표시를 해두었다. 아무래도 미심쩍어서 내 앞자리에 앉았던 친구에게 반도가 뭐냐고 물었더니 친구가 손을 들어 선생님께 반도가 무엇이냐고 질문을 했다. 그러자 선생님께서 옛날에 전쟁할 때 쓰던 긴 칼이라고 말씀을 하셨다.

친구가 나를 힐끔 보더니 “너희 집에 반도 있어?”라고 묻는 것이다. 일단 있다고 표시를 해 버렸기 때문에 없다고 하기도 그래서 있다고 하고 종이를 선생님께 제출을 했다.

그런데 아무래도 느낌이 이상했다. 뭔가 일이 벌어질 것 같은 생각이 들었다. 학교가 끝나고 집으로 가려고 하는데, 경찰관 두 사람이 교무실에서 나와 학교 옆 동네를 향해 걸어가고 있었다. 갑자기 두려움이 엄습해 왔다. 아무래도 경찰관들이 우리 집에도 들이닥칠 것만 같았다. 불안한 마음에 집을 향해 뛰기 시작했다.

책가방을 방에 던져 놓고 숨을 곳을 찾았다. 군불을 지피기 위해 쌓아놓은 나뭇더미 사이에 작은 틈이 있었는데 그곳에 들어가 숨었다. 얼마 지나지 않아 정말로 경찰관 두 사람이 우리 집으로 들이닥쳤다. 아버지가 일을 하시다가 크게 다쳐서 집에 계셨는데, 두 경찰관은 집에 오자마자 아버지에게 긴 칼을 한 번 가져와 보라고 말하는 것이었다. 너무 무서워서 아무 생각도 할 수 없었다. 무조건 도망쳐야겠다는 생각이 들었다. 나뭇더미에서 빠져나와 담을 넘어 동네 뒤쪽에 있는 작은 산으로 뛰기 시작했다.

산속에 숨어서 큰길을 살펴보았다. 얼마나 시간이 흘렀는지 멀리 면소재지 가는 길 언덕으로 두 경찰관이 걸어가는 모습이 보였다. 서서히 두려움이 사라졌다. 안심이 되어 동네로 들어와서 친구들과 놀다가 저녁 때 집에 들어갔다. 약간 혼나기는 했지만 별일 없이 지나갔다.

옛날 중국에 곽희원이란 사람이 멀리 떨어져 살고 있었던 아내에게 편지를 보낸 적이 있는데 그 편지를 받은 아내의 답장이 이러했다.

> 벽사창에 기대어 당신의 글월을 받으니
> 처음부터 끝까지 흰 종이뿐이옵니다.
> 아마도 당신께서 이 몸을 그리워하심이
> 차라리 말 아니하려는 뜻임을 전하고자 하신 듯 하나이다.

이 답장을 받고 곽희원은 어리둥절해져서 주위를 둘러보았다. 순간 아내에게 쓴 의례적인 문안 편지가 옆에 있는 것을 발견한 것이다. 옆에 있는 흰 종이를 자신이 아내에게 쓴 편지인 줄 알고 잘못 보낸 것이다. 백지로 된 편지를 전해 받은 아내는 처음에는 무슨 영문인가 싶었지만 꿈보다 해몽이 좋다고, 자신에 대한 그리움이 말로 다할 수 없음을 표현한 고백으로 읽어낸 것이다. 남편의 실수가 아내에게 깊고 그윽한 기쁨과 행복을 안겨 준 것이다.

이렇게 실수나 우연히 일어난 해프닝은 세파 속에 지친 우리들에게 신선한 기쁨과 행복을 전해 주기도 한다.

삶의 향기

봄을 만나 봄을 느끼며 살아간다는 것은 참 귀한 일이다. 시간은 붙잡아 둘 수 없기 때문에 더 그렇다. 느끼지 않는 시간들은 아무런 의미를 남기지 않고 사라진다.

함께 책을 읽고 토론하는 모임에서 봄을 어떻게 보내고 있는지 질문해 보았다. 대부분이 정신없이 바쁘게 살다보니 봄을 느끼지도, 누리지도 못하며 산다는 것이다.

한 달쯤 전, 온 도시가 하얀 목련꽃과 노란 개나리로 뒤덮였을 때, 아내가 운영하는 약국에 약을 사러 왔던 손님 한 분이 깊은 한숨을 쉬면서 "왜 꽃들은 피고 난리야."라고 탄식했다는 이야기를 전해들은 적이 있다. 아직 봄을 누릴 준비가 되지 않았는데 봄이 와서 푸념하는 소리인지! 아니면 활짝 핀 꽃을 보니 반가워서 하는 말인지 그 마음을 알 길이 없다.

봄이 오면 온통 꽃 세상이 된다. 노란 개나리, 연분홍 진달래, 불꽃처럼 타오르는 영산홍, 또 수십 종의 튤립들……. 차가운 겨울을 견뎌내느라 몹시도 힘들었을 텐데 구김살이 하나도 없다. 맑고 깨끗한 웃음을 지으며 보는 이들의 마음마저 따뜻하게 감싸 준다. 봄은 우리를 향해 행복한 웃음을 보내고 있다. 우리의 삶에 필요한 것이 웃음이기 때문이리라.

월요일 오전에 아내의 손을 잡고 가까운 공원에 나가 여기저기서 웃고 있는 꽃들과 만났다. 꽃들이 웃는 모습을 보며 따라서 웃다보면 마음이 밝아지고 몸도 가벼워진다. 사람은 웃어야 한다. 웃어야 건강해지고 행복해진다.

한 선교사가 어느 대륙에 도착했다. 그런데 원주민들이 모두 옷을 벗고 있고 온몸에 난 털 때문에 도대체 사람인지 원숭이인지 구별할 수 없었다. 그래서 본국에 전보를 쳤다.

"사람인지 동물인지 구별할 수 없는데, 구별할 수 있는 방법을 알려 달라."

얼마 후에 전보가 도착했다.

"웃는 것은 사람이고, 웃지 않는 것은 동물이다."

사람만이 웃을 수 있다는 재미있는 이야기이다.

사람은 원래 많이 웃게끔 창조되었다. 그런데 나이가 들면서 웃음을 잃어버린다. 어린 아이들은 하루 평균 300~500번 정도 웃는다. 그런데 어른이 되면 하루 평균 7~10번 정도 웃는다고 한다. 웃음은 우리 삶에 생명 에너지를 공급해 준다. 많이 웃으면 웃을수록 더 건강해지고 얼굴도 더 맑고 깨끗해진다.

2010년 8월 5일 칠레 북부 산호세 광산에서 일하던 광부 33명이 지하 700미터 깊이에서 일하다가 갱도가 무너져 어둠 속에 갇힌 일이 있었다. 이들은 무려 69일 동안 어두운 갱도에서 사투를 벌였다. 광부들이 하루에 먹은 식사량은 참치 두 스푼과 우유 한 모금, 그리고 비스킷 한 조각뿐이었다. 그럼에도 불구하고 그들은 오랜 기다림 끝에 구조를 받게 되었는데 그 비결은 웃음에 있었다고 한다. 그들은 아무것도 할 수 없는 처절한 순간에 오락반장을 선출해서 오락시간을 가졌다는 것이다. 그들은 오락을 하면서 큰 소리를 내며 웃었다. 웃다보니 에너지가 넘쳐나게 되고, 절망을 극복할 수 있었다는 것이다.

웃음은 우리의 삶에 많은 기회를 가져다주기도 한다. 추억의 명화 〈바람과 함께 사라지다〉에서 무엇보다도 여주인공 비비안 리의 탁월한 연기와 강렬한 눈매가 생각난다. 그녀는 스칼렛 오하라 역을 실감나게 연기해서 아카데미 여우주연상을 받았다. 그런데 그런 그녀가 처음에 여주인공을 뽑는 오디션에서 떨어졌었단다.

비비안 리가 주연 여배우를 뽑는다는 말을 듣고 영화사를 찾아갔다. 그런데 감독이 오디션을 보고는 고개를 설레설레 흔들면서 "미안하지만 여주인공으로는 어울리지 않아요."라고 말했다. 비비안 리는 크게 실망했지만 활짝 웃으면서 감독에게 인사를 하고 밖으로 나갔다. 그때 감독이 급히 그녀를 불러 세우더니 "잠깐만, 바로 그 표정이요!"라고 말했다. 활짝 웃는 표정에서 여주인공의 모습을 본 것이다.

이렇듯 웃음은 우리의 삶을 행복하게 만들어 준다. 여기저기 지천에 핀 꽃들을 바라보며 더 활짝 웃어 보자. 웃는 데 비용이 들어가는 것도 아니다. 웃으면 좋은 일이 많이 생기게 된다.

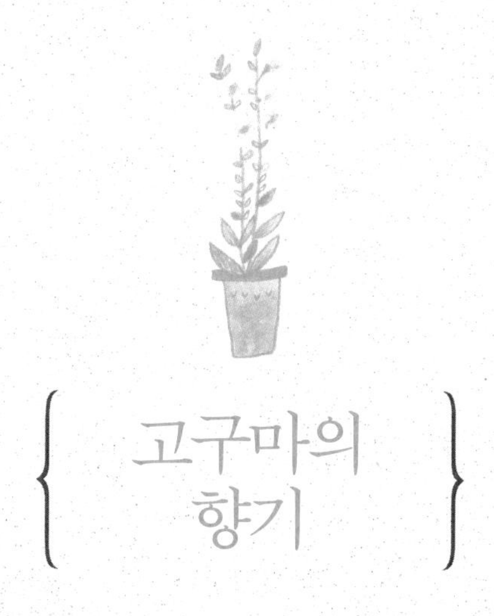

고구마의 향기

며칠 전, 해남에 계신 어머님께서 전화를 하셨다. 고구마 한 박스를 택배로 보냈다는 것이다. 어머니는 매년마다 11월 초순이 되면 고구마를 보내 주신다. 다음날 저녁에 집에 들어와 보니 어머니께서 보내신 택배가 와 있었다. 박스를 뜯어 보니 단감과 생강이 고구마와 뒤섞여 있었다. 그릇을 꺼내 따로 분리를 하고 고구마 하나를 꺼내 보니 어른 주먹만큼 컸다. 고구마 몇 개를 꺼내 물로 씻는데 내 나이 일곱 살 때 있었던 사건 하나가 흑백 영화의 한 장면처럼 지나갔다.

결혼을 앞둔 큰누님이 부엌에서 까만 가마솥에 고구마를 넣고 삶고 있었다. 나와 동생은 누님이 가마솥에 군불을 지피는 것을 보고 옆에서 놀고 있었다. 누님은 마지막 나무를 아궁이에 밀어 넣고 부엌을 쓸면서 "지금 고구마 솥을 열면 안 된다."라고 말하고 밖으로 나갔다. 뜸이 들기를 기다리라는 것이었다.

그런데 뜸이 들 때까지 기다릴 수가 없었다. 따끈하게 삶아진 고구마를 생각하니 군침이 돌았다. 누님이 밖으로 나가고 얼마 지나지 않아 뜨거운 가마솥 뚜껑을 옆으로 밀쳤다. 뜨거운 김이 하얗게 올라왔다. 너무 뜨거워서 눈을 뜰 수가 없어 한참을 기다렸다. 잠시 후에 김이 다 빠지자 고구마가 보였다. 젓가락을 이용해 고구마 두 개를 꺼내고 가마솥 뚜껑을 닫고 동생에게 고구마 하나를 주면서 먹으라고 했다. 나도 하나를 들고 먹으려고 하는데 밖에 나간 누님이 집에 들어왔다.

너무 놀랐다. 누님에게 크게 혼날 것 같았다. 그래서 동생에게 소리를 질렀다.

"도망쳐!"

동생도 나도 도망치기 시작했다. 누님에게 잡히면 끝장이라는 생각이 들어 정신없이 도망쳤다. 순식간에 부엌을 빠져나와 마당 가장자리에 서 있었던 절구통 뒤에 숨었다. 뒤를 따르던 동생이 자기도 거기 숨겠다고 하면서 절구통을 마구 밀었다. 절구통이 기우

뚱하게 세워져 있어서 심하게 흔들렸다. 안 되겠다 싶어 다른 곳으로 도망가려고 일어서는 찰나에 절구통이 넘어지고, 내 오른쪽 다리가 절구통 밑에 깔리게 되었다.

순간적으로 정신을 잃어버렸다. 기절을 한 것이다. 이 일은 분명 오전에 일어났었는데 나중에 정신을 차려보니까 저녁 때가 다 되었고 내 발에는 깁스를 한 것처럼 하얀 천이 둘둘 말려 있었다.

어렸을 때 우리 집에는 고구마가 많았다. 고구마는 겨울에 간식거리로, 때론 점식에 식사 대용으로 먹었다. 고구마는 삶아 먹는 것보다 구워 먹는 것이 맛있다. 고구마를 구우면 겉은 까맣게 타지만 속은 노랗게 변한다. 노랗게 익은 속살을 입에 넣으면 둘이 먹다가 셋이 죽어도 모를 지경이었다. 구운 고구마를 먹다 보면 손은 까맣게 변하고, 얼굴 주변도 다 까만색으로 범벅이 되지만 그래도 상관하지 않았다. 고구마가 맛있었기 때문이다.

고구마는 너무 센 불에 구우면 겉은 다 타버리는데 속은 익지 않는다. 고구마를 잘 구우려면 아궁이에 불을 다 지핀 후에 고구마 몇 개를 아궁이에 넣어두고, 두 시간쯤 있다가 꺼내면 정말 맛있게 구워진다.

아버지는 매일 소죽을 끓이시는데, 가끔씩 그 아궁이에 고구마를 구워서 우리들에게 주셨다. 아버지가 구운 고구마는 정말 맛있었다.

초등학교 고학년이 되었을 때 나도 소죽을 끓이는 일을 했다. 소죽을 끓이는 일은 여러모로 좋았다. 겨울에는 안이고 밖이고 다 추운데, 소죽 아궁이에 불을 때면 아주 따뜻했다. 소죽을 다 끓이고 나면 고구마 몇 개를 아궁이에 넣어 두었다가 저녁 먹고 나서 그것을 꺼내 먹었다.

결혼하기 전에 있었던 일이다. 사귀고 있었던 아내를 시골에 계신 부모님께 인사를 시키기 위해 시골집에 데리고 간 적이 있다. 아내는 주로 대도시에서 살았기에 시골이 낯설고 어색했을 것이다. 집도 그렇고, 먹는 음식도 그렇고, 화장실도 그렇고, 모든 것이 열악했다. 그런데 아내는 지금도 그때의 기억을 아주 좋은 기억으로 간직하고 있다.

그 배후에 고구마가 있다. 우리가 도착한 날 저녁에 아버지가 소죽을 끓이고 난 후에 고구마 몇 개를 잘 구워서 장차 며느리가 될 아내에게 준 것이다. 아내는 그 고구마를 아주 맛있게 먹었다. 지금도 아내는 그때 먹은 고구마 맛을 잊을 수 없다고 이야기한다. 그 고구마가 시아버지가 며느리를 사랑하는 징표처럼 된 것이다. 그래서 아내는 지금도 시아버지를 좋아한다.

난 아버지에 대한 기억이 좋지 않다. 자라면서 늘 술에 취해 있는 모습만 보면서 자랐기 때문이다. 아버지처럼 살지 않겠다고 지금까지 술은 거의 입에 대지 않고 살았다. 지금도 아버지를 볼 때 가까이하기가 어색하다. 그런데 아내는 아버지에 대한 좋은 기억 때문인지 시아버지를 전혀 어색해하지 않는다. 군고구마의 향기 때문일 것이다.

수수팥떡

생일을 맞을 때마다 생각나는 것이 있다. 그것은 어린 시절 어머니가 해주셨던 생일떡이다. 내 생일은 음력으로 9월이어서 양력으로 하면 10월 말쯤 되었다. 10월 중순에 밭에서 수확한 수수를 가지고 어머니는 매년 정성을 다해 수수팥떡을 만들어서 생일상을 차려 주셨다.

요즘이야 빵집에서 케이크 하나 사다가 촛불을 꽂고 생일 축하 노래를 부르고 준비한 선물을 줌으로 끝나지만, 떡을 해서 생일상을 차려준다는 것은 보통 정성이 아니고서는 불가능한 일이다.

수수 같은 사람이 되라고 어머니는 나에게 생일 때마다 수수팥떡을 해서 먹였는지 모른다. 수수는 열매를 맺는 곡식 중에서 가장 키가 크게 자란다. 곡식 알맹이도 크고 아주 많이 열린다. 수수는 아무 데서나 잘 자란다. 수수 알갱이를 그냥 날로 먹어 본 적이 있는데, 떫은맛이 강하게 난다. 그런데 떫은 수수 알갱이는 약으로 쓰여서 설사병을 치료하기도 하고 소화불량을 치료하는 데 탁월한 효과가 있다.

어머니는 내 생일에 수수팥떡을 만들어 주기 위해 10월 초순이 되면 수수밭으로 가서 수수 송이를 낫으로 베어다가 여러 개의 송이를 한데 묶어 우리 집 처마 밑에 쭉 걸어 놓으셨다.

며칠이 지나 수수가 가을 햇살을 받아 잘 마르게 되면, 멍석을 깔고 절구를 앞에 놓고 수수를 탁탁 쳐서 알갱이를 분리했다. 분리된 알갱이들을 잘 손질해서 이물질을 제거한 다음에 물에 담가두었다가 방앗간에 가서 가루로 빻아 가지고 시루에 넣고 찌게 되면 맛있는 수수팥떡이 만들어진다.

지금은 생일이 돼도 이 수수팥떡을 먹을 수 없다. 내가 아내에게 어머니가 해 주신 수수팥떡 얘기를 가끔 하지만 아내는 한 번도 그런 수수팥떡을 먹어 보지 못했단다.

아내는 내 생일에 가끔씩 푸짐하게 떡을 만들어 주변 분들과 함께 나누어 먹는 것을 좋아한다. 물론 집에서 만드는 것은 아니고 떡 방앗간에 주문을 해서 만든 떡이다. 요즘은 가까운 지인 중에 떡 공장을 경영하는 분이 있어 그분이 만들어 준 떡을 먹는다. 그 분은 대한민국 최고의 떡 맛을 자랑할 정도로 떡을 잘 만드신다.

그럼에도 생일을 보낼 때마다 어린 시절 어머니가 해 주신 수수 팥떡이 그리워지는 것은 무슨 연유일까. 그것은 엄마의 사랑일 것이다. 지금은 중년이 되어 자녀들이 다 자랐는데도 어머니의 사랑이 그리운 것이다.

제3장

깨달음이 있는 삶

우리의 삶에서 가장 중요한 일은 뿌리를 가꾸는 일입니다.

뿌리는 마음입니다.

보이지 않는 우리의 내면을 가꾸는 일입니다.

인격을 성숙하게 하는 일입니다.

보이지 않는 내면을 얼마나 잘 가꾸느냐가 우리의 행복을 좌우합니다.

깨달음의 즐거움

봄부터 가꿔 왔던 화단에 노란색, 하얀색 국화 송이들이 춤을 추며 나를 보고 웃는다. 겨우내 얼었던 흙을 밀치고 싹을 틔운 국화는 뜨거운 여름을 잘 견디고 마침내 저렇게 아름다운 꽃을 피워낸 것이다. 매일 꽃들을 들여다보면 감사하는 마음이 절로 생긴다. 이 꽃들을 피우기 위해 노력한 것이 없기 때문이다.

대부분의 사람들은 이렇게 아름다운 꽃을 보면서도 빠르게 지나간다. 꽃밭에 꽃이 피고 있는지, 지고 있는지 관심도 없다. 매일같이 빠름, 빠름만을 좇아가고 있다. 잠시 잠깐의 여유로움과 멈춤이 없으면 감사하는 마음도 없고, 기쁨도 없고, 행복도 없다. 빠르게 살다보면 아무것도 보지 못하고 느끼지 못하고 마음은 외로움으로 텅 비게 된다.

감사하는 마음은 가던 길을 잠시 멈추고 자신의 삶을 성찰할 때 찾아온다. 꽃을 자세히 보기 위해서는 멈추어야 한다. 멈출 때 꽃잎에 맺혀 있는 작은 이슬방울이 보이고, 고개를 숙일 때 꽃잎 속에 있는 생명이 보인다. 감사는 아무나 할 수 있는 것이 아니다. 성숙한 사람, 높은 인격을 갖춘 사람, 삶을 소중히 가꾸는 사람이 할 수 있는 것이다.

멈출 때 사랑하는 사람의 아픔을 볼 수 있고, 그 아픔을 함께할 때 아픔은 행복으로 승화된다. 멈춤의 시간은 시간 낭비가 아니다. 잠시 멈추는 시간이 오히려 성장의 시간이 될 수 있다. 멈추고 자신이 걸어온 길을 되돌아보면 감사하는 마음이 깊어진다. 감사하는 마음이 깊어질수록 더 성숙하고 무르익은 인생이 된다.

곡식은 무르익을수록 고개를 숙인다. 무르익기 위해서는 견뎌야 하고 기다려야 한다. 잘 견디려면 수용능력이 있어야 한다. 수용능력이 있는 사람은 고난을 잘 견딜 뿐만 아니라 고난을 성장과 성숙의 기회로 삼을 줄 안다.

감사하는 마음도 결국 수용하는 능력에서 온다. 감사하게 되면 고난을 잘 받아들이게 된다. 행복은 이렇게 고난이나 시험을 잘 수용하게 될 때 찾아온다.

조개가 진주를 만들 때도 그렇다. 어느 날 조개의 몸속으로 모래알이 들어와 막힌다. 상처를 만든 것이다. 하지만 조개는 그것을 분비물을 뿜어내어 감싸고 또 감싼다. 그 과정을 통해 조개의 몸속에는 진주가 만들어진다.

고난도 잘 수용하고 잘 받아들이면 삶에 큰 유익을 줄 수 있다. 수용하지 못하는 사람들 입에는 늘 원망과 불평이 가득하다. 감사하는 마음에 수용능력이 생기고, 견디고 기다릴 수 있는 능력이 배가 될 수 있다. 인생의 행복은 감사하는 마음에 달려 있는 것이다.

경청하는 법

덥고 습한 날씨가 계속되어 몸과 마음이 쉽게 피곤해지기 쉬운 때이다. 이런 때일수록 서로를 배려하고 이해해 주는 마음이 필요하다. 상대의 마음을 잘 헤아리기 위해서는 먼저 잘 듣는 것이 중요하다.

사람은 말하는 것을 배울 때 보통 2~3년이 걸린다고 하고, 경청하여 듣는 법을 배우기까지 80년의 시간이 필요하다고 한다. 잘 듣는 것은 평생을 배워야 한다는 뜻이다.

듣는 방법에는 네 가지가 있다. 판단하며 듣는 것, 질문하며 듣는 것, 조언하며 듣는 것, 감정을 이입하며 듣는 방법이다. 이 중에서 가장 효과적인 방법은 감정을 이입하며 듣는 것이다.

한자의 들을 청聽은 여러 단어의 조합으로 이루어져 있다. 풀이해 보면 '듣는 것이 왕처럼 중요하고 열 개의 눈으로 보듯 상대방에게 집중해 상대와 마음이 하나 되는 것'이라는 의미이다.

신학자 폴 틸리히는 "사랑의 첫째 의무는 경청하는 것"이라고 했고, 한 심리학자는 가정문제 대부분은 배우자, 특히 남편이 잘 경청하는 법만 배워도 해결될 것이라고 말했다.

어떤 남편이 아내에게 이렇게 말했다.

"내가 직장에서 들었는데, 여자가 남자보다 매일 두 배나 많은 말을 한다고 하더라."

그러자 아내가 말했다.

"남자들은 항상 똑같은 말을 두 번씩 하게 만들어서 그래요."

그러자 남편이 말했다.

"뭐라고? 못 들었어."

경청이 어려운 이유는 집중과 노력을 필요로 하기 때문이다. 경청은 사랑할 때 가능하다. 사랑하면 집중하고, 사랑하면 잘 듣게 된다. 사랑이 해답인 것이다. 덥고 습한 기온으로 인해 몸과 마음도 지쳐 가는데, 사랑을 충만히 채워 행복하게 여름을 보내보자.

고난을 통해

북쪽에서 내려온 차가운 바람이 나뭇가지에 걸려 온 산을 휘감을 때, 느릿느릿 야트막한 산에 오르는 것은 큰 즐거움이다. 봄을 기다리는 앙상한 가지의 노랫소리를 들을 수 있고, 그 곡조에 춤을 추며 뒹구는 낙엽을 볼 수 있으며, 땅속 깊은 곳에서 바지런히 봄을 준비하는 뿌리의 숨소리를 들을 수 있기 때문이다.

모든 것을 꽁꽁 얼려 버릴 듯 불어 대는 겨울바람은 온 산을 위협하지만 나무는 오히려 겨울 산에 우뚝 서서 그것을 즐긴다. 우리는 겨울이 깊을수록 추위를 즐기는 나무에게 많은 지혜를 얻을 수 있다.

나무는 추운 겨울에 벌거벗은 채로 외부활동을 쉰다. 그러나 땅 속 깊은 곳에서는 아주 분주하게 움직인다. 뿌리를 가꾸고 뿌리를 키우는 일을 한다. 겨울에 잘 가꾼 뿌리는 봄이 되었을 때 새싹을 틔우고 새로운 가지들이 쭉쭉 뻗어나가게 한다. 가지마다 꽃이 피게 하고 가을이 되면 그 가지에 열매를 맺게 한다.

나무에게 겨울은 아주 중요하다. 뿌리를 잘 가꾸어야 봄에 더 왕성하게 성장할 수 있기 때문이다. 뿌리는 보이지 않지만 나무의 생존에 너무나 중요하다. 뿌리가 그 나무의 내일을 결정하기 때문이다. 뿌리의 깊이가 나무의 높이를 결정하고, 뿌리의 넓이가 나무의 넓이를 결정한다. 뿌리가 깊지 않은 나무는 오래가지 못한다. 바람이 불 때 넘어질 수도 있고, 작은 가뭄에 말라 버릴 수도 있다.

키만 크다고 큰 나무가 아니다. 큰 나무는 뿌리가 건실해야 한다. 뿌리가 건실한 나무는 견디는 능력이 탁월하다.

세계에서 제일 큰 나무는 미국 캘리포니아 주California의 세쿼이아 국립공원에 있는 '자이언트 레드우드'라고 불리는 아메리카 삼나무이다. 나이는 약 3,000살이고, 키는 약 84m, 지름은 11m, 둘레는 31m이며, 적갈색인 이 나무는 껍질 두께가 61㎝나 된다고 한다. 그리고 나무의 무게는 뿌리를 포함해서 약 2,000톤으로 추정된다고 한다.

이 나무가 이렇게 오랜 시간 동안 계속해서 성장할 수 있었던 이유는 뿌리에 있다. 삼나무는 본디 뿌리를 옆으로 길게 뻗어 나가면서 주변에 있는 나무들의 뿌리와 서로 얽히고설키면서 나무를 든든하게 지탱해 준다는 것이다. 그래서 폭풍에도 가뭄에도 잘 견딘다는 것이다.

거목 중의 거목은 뿌리가 건실해서 시련이 찾아올 때도 꿋꿋하게 견딘다. 비바람이 몰아치고 폭풍우가 휘몰아쳐도 잘 견딘다. 뿐만 아니라 뿌리가 건실한 나무는 시절을 좇아 열매를 공급해 주고 그늘을 제공해 준다.

우리의 삶에서 가장 중요한 일은 뿌리를 가꾸는 일이다. 뿌리는 우리의 마음이다. 보이지 않는 우리의 마음을 가꾸는 일이다. 인격을 성숙하게 가꾸는 일이다.

뿌리가 하는 일은 세 가지이다. 지탱하는 일, 저장하는 일, 그리고 공급하는 일이다. 뿌리가 깊을 때 나무는 어떤 상황에서도 잘 지탱할 수 있다. 지탱할 수 있는 힘은 뿌리에서 나오기 때문이다.

또한 뿌리의 크기가 저장의 능력을 결정한다. 그리고 저장의 능력이 공급의 능력을 결정한다. 나무는 뿌리에 양분을 저장한다. 싹을 틔우고 가지를 뻗게 하는 힘의 근원은 뿌리의 저장 능력에 있다.

봄이 되었을 때, 뿌리는 겨우내 저장한 것들을 나무의 온몸으로 공급하기 시작한다. 저장해 놓은 것이 없으면 공급해 줄 수 없다. 뿌리는 창고의 역할을 하는 것이다. 뿌리가 자양분을 저장하지 못할 때, 나무의 생명은 끝이 나는 것이다.

이처럼 내면을 잘 가꾼 사람들은 삶이 쉽게 흔들리지 않는다. 궁핍하게 살지도 않는다. 항상 생명력으로 충만하다. 벌거벗은 나무를 보며 봄을 볼 수 있는 사람은 지혜로운 사람이다. 지혜는 멀리 있지 않고, 우리 주변 아주 가까운 곳에 있다.

듣는 마음

분주함은 매일 반복되는 삶의 일부분이다. 분주함 속에는 잡다한 소음들이 가득 채워져 있다. 빵빵거리며 지나가는 오토바이 소리, 제주도 은갈치 한 상자 만 원, 토마토 세 근에 5천 원을 외치며 지나가는 상인들 소리, 이삿짐 올리고 내리는 사다리차 소리…….

온갖 소음으로 우리의 마음과 영혼은 지치고 피곤해진다.

마음이 지치는 것은 굉장히 위험하다. 지치고 피곤할 때 인내심이 약해지고 쉽게 짜증을 내기 때문이다. 마음이 지칠 때 우리는 삶의 의욕을 잃고 쉽게 낙심하게 된다.

매일 점심을 먹고 아주 잠깐 가까운 산에 오른다. 산에는 자연이 내는 소리가 있다. 바람소리, 나뭇가지 흔들리는 소리, 구름이 지나가는 소리, 꽃이 피는 소리, 새들의 노랫소리…….

잠시 걸음을 멈추고 자연의 소리를 듣다보면 영혼이 치유됨을 느낀다.

자연의 소리를 들을 수 있는 사람은 행복한 사람이다.
자연의 소리는 소음으로 지친 영혼을 맑게 한다.

맑아진 영혼은 잘 들을 수 있고, 깊이 들을 수 있다. 듣는 마음은 사랑하는 마음이다. 귀를 기울여 들어줄 때 피곤한 이들의 신음소리를 들을 수 있다. 사랑하는 이들의 외로움이 들린다. 잘 들어줄 때 마음이 열린다. 마음이 열리면 사람을 얻게 되고, 마음이 열리면 행복해진다.

동행의 아름다움

시원함을 가득 담은 가을바람이 불어 올 때 흩날리는 나뭇잎 사이로 손을 잡고 걷는 연인들의 모습이 아름답다. 하얀 달빛 아래 무리지어 날아가는 기러기들에게 동행의 지혜를 배운다.

다른 이와 함께 동행하는 것은 어렵다. 홀로 떠나는 여행이 힘들기도 하지만 때에 따라 더욱 쉬울 수도 있다. 그런 면에서 보면 결혼도 모험이다.

폴 투르니에는 "홀로 사는 것만큼이나 함께 사는 것도 모험"이라고 말했다.

동행하기 위해서는 가을 햇살에 빨갛게 무르익은 사과처럼 서로의 마음이 무르익어야 한다. 무르익은 마음은 같은 마음을 품게 한다. 같은 마음은 마음과 마음을 연결해주고, 같은 방향을 바라보게 한다.

아름다운 동행을 위해서는 서로 격려해 주어야 한다. 먼 길을 가다보면 어느 시점에서 지치게 된다. 그때 필요한 것이 격려이다.

기러기는 동행하며 이동할 때 서로 "헝크" "헝크"라는 소리를 내며 격려한다. 격려를 주고받은 기러기는 4만km를 날아간다고 한다.

가을에는 사랑하는 사람과 멀리 여행을 떠나고 싶다. 단풍이 멋들어지게 물들지 않았어도, 하늘이 온통 잿빛으로 휩싸여 있다 해도, 차가운 바람이 들판을 삼킨다 해도, 나의 손을 굳게 잡은 아내의 손만 있다면 동행의 아름다움을 배울 수 있기 때문이다. 인생의 아름다움은 동행하는 삶에 있는 것이다.

마음과 언어

거미는 집을 지을 때 배의 끝부분에 있는 방적돌기라는 실샘에서 입으로 실을 뽑아 찬찬히 한 올 한 올 집을 짓는다.

"사람의 인생은 무엇으로 세워지는 것일까?"

우리의 삶은 우리의 입에서 나오는 말로 세워진다. 말은 우리의 미래에 깊은 영향을 미친다. 위대한 삶을 살아온 사람들을 보면 그들이 사용했던 언어가 달랐다. 언어를 소중히 여겼고, 품위 있는 언어를 사용했다.

사람들 중에는 저급하고 거친 언어들을 마구 쏟아내며 사는 분들이 있다. 폭력적이고 파괴적인 말도 서슴없이 내뱉는다. 요즘 남북 간의 긴장은 최고조에 달하고 있다. 배후에는 서로를 자극하는 언어가 있다. 언어는 우리의 마음에 많은 영향력을 행사한다. 좋은 언어, 친절한 언어, 마음이 담긴 따뜻한 언어는 우리의 삶에 안정감을 주고 행복감을 가져다준다.

2015년에 우리나라 행복지수는 OECD 34개 국가 중 25위로 평가됐다. 대한민국은 정말 살기 좋은 나라이다. 세계 10대 경제 대국이며 국민들이 누리는 삶의 질은 이보다 훨씬 더 높다. 그런데 행복지수가 그렇게 낮은 이유는 거친 언어의 영향 때문일 것이다.

행복은 느낌에서 오고, 관계에서 온다. 좋은 언어는 아름다운 관계를 만들어 주고, 행복한 인생을 창조해 준다. 사랑이 담긴 언어, 친절한 언어로 더 행복한 인생을 만들어 가 보자.

물처럼 산다는 것

세상은 아름다움으로 가득 차 있다. 살아 있는 생명들이 있고, 그 생명들을 살리는 물이 있기 때문이다. 어릴 때 산에 오를 때마다 관심을 가지고 찾는 것이 있었다. 산 뿌리가 길게 늘어선 곳에 자리 잡은 작은 옹달샘이었다. 옹달샘은 신비하다. 땅속에서 펑펑 솟아오르는 물로 길을 만들고, 그 길을 아름답게 가꾼다. 각양각색의 꽃을 피우고 끊임없이 숲속의 동물들을 불러들인다.

옹달샘에서는 작은 물이 졸졸졸 흘러나온다. 그런데 작은 물도 모이면 큰 힘이 된다. 작은 물방울이 계속해서 떨어지면 아무리 단단한 바위라도 뚫린다. 우리는 작은 것을 소홀히 해서는 안 된다. 모든 큰 것은 언제나 작은 것에서 시작되기 때문이다.

물은 길을 따라 움직이지만, 때로는 길을 만들기도 한다. 길을 따라 흐르다가 막히면 기다리다가 더 많은 물이 모여 힘이 생기면 새로운 길을 만들며 앞으로 나아간다. 조용히 멈추어 있는 물을 가볍게 여겨서는 안 된다. 그냥 멈춰 있는 것이 아니다. 힘을 모으고 있는 중이다. 힘이 모였을 때 물은 막고 있는 것들을 단번에 무너뜨리고 새로운 길을 열어버린다.

기다릴 수 있는 것은 능력이다. 모든 좋은 것과 아름다운 것은 한순간에 이루어지지 않고, 기다림의 시간이 필요하다. 장미꽃 한 송이가 피는 것을 보아도 절대 쉽게 피지 않는다. 한 송이의 장미꽃을 피우기 위해 장미는 추운 겨울을 견디며 기다린다. 긴 겨울을 기다리며 뿌리는 몸부림치며 일을 한다. 봄이 되어 따뜻한 햇살이 온몸을 감쌀 때 뿌리는 가지에 생명 에너지를 보내 새로운 가지들을 퍼지게 한다. 많은 잎사귀들이 가지에서 피어나게 하고, 그 후에 꽃봉오리가 맺히고 꽃이 핀다. 기다림은 아름다움을 만들어 낸다.

일본에서 출간되어 베스트셀러에 올랐던 정치 소설로 『불씨』라는 책이 있다. 이 책은 우리나라에서도 번역 출간되었다. 상하권으로 되어 있는 이 책은 2백여 년 전 일본 요네자와 번에서 번주로 활약하였던 정치가 우에스기 요잔의 일대기이다.

요잔은 18세의 나이에 요네자와 번에 번주로 부임하게 되었다. 그때 요네자와 번은 경제가 완전히 파탄에 빠져 있었다. 그래서 중앙정부에서는 번을 해체하여야 한다고 야단들이었다. 요네자와 번에 살고 있던 많은 사람들이 경제적인 어려움을 이기지 못하고 살길을 찾아 다른 번으로 이사를 가고 있었다. 이런 상황에서 우에스기 요잔이 1월의 추운 날씨에 번주로 부임하게 된 것이다.

국경을 넘어 부임지로 들어갈 때 그가 탄 가마에 불이 꺼지고 재만 남은 화로가 놓여 있었다. 그는 그 불 꺼진 화로를 보면서 자신이 지금 부임해 가는 번의 모습이 이 화로와 같다고 생각했다. 부젓가락으로 다 타버린 화로 속의 재를 뒤집고 있는데, 불씨 하나가 살아 있는 것이 보였다. 불씨를 본 순간 마음에 열정이 솟구쳐 올라왔다. 그래서 그는 이렇게 결심했다.

'내가 이 번에서 희망을 잃고, 좌절하고 있는 백성들에게 희망을 주고 번영의 꿈을 심어 주는 불씨가 되어야 하겠다.'

마침 화로 곁에 숯이 있어서 숯을 불씨에 얹고 불었더니, 다시 불이 붙어 활활 타오르게 되었다. 그 불을 보고 있는데 마음이 벅차올라 더 이상 길을 갈 수 없었다. 가마를 멈추게 하고 신하들을 주위로 불러 모았다. 그리고 그들에게 이렇게 말했다.

"내가 앞장서서 희생하고 헌신하며 본을 보여 백성들에게 용기를 심어 주고 희망을 불러일으키는 불씨가 될 테니 여러분들도 주종관계를 떠나 백성들을 살리고 나라를 일으키는 불씨운동의 동지가 되어 주시오."

젊은 번주의 진심어린 호소를 들은 신하들은 크게 감동했다. 신하들은 눈물을 흘리며 앞장서서 번주님의 뜻을 따르겠노라고 말했다. 그래서 요네자와 번의 개혁운동이 시작되었고, 번주와 관리들과 백성들이 한뜻이 되어 크게 성공하게 되었다. 일본 역사에 가장 빛나는 개혁을 이룰 수 있었다.

물은 낮은 곳으로 흐르면서 연약한 생명들을 강하게 하고, 죽어가는 것들을 살린다.

산에 오르다 만난 옹달샘에서 흘러나오는 물은 물맛도 좋고 참 시원하다. 초등학생 시절, 형들과 지게를 지고 나무하러 다닐 때 옹달샘을 만나면 언제나 나뭇짐을 옹달샘 곁에 받쳐두고 그 물을 마셨다.

시원함이 온몸에 퍼지고 몸이 가벼워져 금세 피곤이 사라지고 새 힘이 솟아오른다. 누군가에게 시원함을 줄 수 있는 삶은 참 복된 삶이다.

사랑이란?

사랑이란 무엇일까? 누구나 잘 아는 것 같지만 실제로는 잘 알지 못하는 것이 사랑이 아닌가 싶다. 많은 위인들과 철인들이 "사랑은 이것이다."라고 정의를 하지만 뭔가 부족한 느낌이 드는 것도 사실이다. 사람들은 저마다 사랑에 대한 다양한 생각을 가지고 있다. 사랑이 그만큼 중요하다는 반증이기도 할 것이다.

사랑은 우리가 살아가는 데 있어서 음식이나 물, 공기만큼이나 중요하다. 사람은 소홀히 대접받았다는 이유로 죽어 갈 수 있는 유일한 동물이다. 사람은 누구나 사랑을 받아야 하고 사랑을 주어야 행복을 느낀다. 가장 행복한 사람은 재능이 많거나 지식이 많거나 물질이 많은 사람이 아니다. 행복은 사랑할 때 찾아오는 것이다.

사랑은 무엇일까? 사랑에는 네 가지 요소가 있다. 관심, 돌봄, 이해, 존중이다.

사랑의 반대말은 미움이나 증오, 슬픔이 아니라 무관심이다. 우리는 길거리를 지나다가 아무나 미워하지 않는다. 우리가 미워하는 대상은 내가 사랑하기 원하거나 내가 사랑받기를 원하는 사람이다. 내가 사랑하기를 원하는데 그 사랑을 거부할 때 내 안에서 일어나는 것이 미움이고 증오이다.

그러면 관심은 무엇일까? '마음이 머무는 곳'을 말한다.

내가 지금 운전을 하고 있는데, 다른 사람을 생각을 하고 있다면 나의 관심은 그 사람에게 가 있는 것이다. 사랑은 상대를 위해 내 마음의 자리를 내어 주는 것이다. 사랑은 관심이며 내 마음을 내어 주는 것이다. 그리고 관심의 최고 표현은 칭찬과 격려이다. 사랑은 언제나 인정과 칭찬을 통해서 그 모습을 드러낸다. 사람은 칭찬과 격려를 먹고 산다. 나이가 든 어른이라 할지라도…….

사랑은 돌봄이다. 사랑은 언제나 마음에서 시작된다. 마음에서 시작된 사랑은 마음에서만 머물지 않고, 손과 발을 거쳐 상대방을 위한 구체적인 돌봄으로 이어진다.

돌봄이란, 상대방을 향한 책임이다. 만일 꽃을 사랑한다고 하면서 화분에 물을 주지 않아 화초를 죽게 만든 사람이 있다면 그것은 꽃을 사랑하는 것이 아닐 것이다. 사랑하는 사람은 그 대상에게 무언가를 주고 싶어 한다. 많은 것을 주었음에도 더 주고 싶어 하는 것이 사랑이다. 그런데 사랑하지 않으면, 조금만 주고도 많은 것을 주었다는 생각을 한다. 사랑하지 않으면 자꾸 인색해진다.

사랑은 이해이다. 사랑에 관심과 돌봄은 있을지라도 이해가 없다면 그 사랑은 온전한 사랑이 아니라 맹목적인 사랑일 것이다. 정상적인 부모인 경우 모두 자녀들에게 최선의 사랑을 쏟아 붓는다. 그런데 놀랍게도 그렇게 많은 사랑을 받은 아이들은 부모가 자신들을 사랑한다고 느끼지 못한다고 말한다. 이해의 측면이 부족해서다. 사랑은 상대방이 정말로 원하는 것이 무엇인지를 알고 이해하는 것이다.

그래서 사랑의 대상에 대한 지식이 필요하다. 아무리 열심히 사랑한다고 할지라도 상대에 대해서 무지하다면 그것은 사랑이 아니다. 부부생활 가운데 파경을 경험한 사람들은 거의 예외 없이 상대방의 상황과 감정에 대해서 둔감하다. 사랑은 느낌이 아니고 감정도 아니다. 사랑은 기술이다. 그래서 사랑을 하는 데는 지식이 필요하다. 지식이 있어야 이해할 수 있기 때문이다.

사랑은 존중이다. 사랑에 관심과 돌봄은 있지만, 존중이 빠지면 그것은 사랑이 아니다. 상대를 소유하려고 하는 것이며 조종하려는 것이다. 우리는 사랑하지 않는 것에 대해서는 존중을 표하지 않는다. 사랑하지 않고 소유하는 것에 대해 얼마든지 관심과 돌봄을 표현할 수 있다.

악기를 소중히 여기는 사람은 악기의 상태를 자주 점검하고 최적의 조건이 되도록 항상 관심을 쏟는다. 그러나 아무리 악기의 값이 비싸다고 해도 존중하지는 않는다. 우리는 우리가 조종하는 대상에 대해서도 절대 소중히 여기거나 존중하지 않는다.

그러면 존중이란 무엇일까? 상대방의 존재를 있는 그대로 받아주거나 높여서 받아주는 자세이다. 상대방을 존중할 때 우리는 상대방의 개성을 인정한다. 존중이란 상대방을 있는 그대로 수용하고 용납하는 것이다. 상대방을 얽매거나 구속하는 것이 아니라 사랑하기 때문에 자유를 주는 것이다.

성경에 보면 탕자의 비유가 나온다. 어떤 아버지에게 두 아들이 있었다. 두 아들 가운데 둘째 아들은 아버지에게 유산을 먼저 달라고 요구하면서 집을 나가겠다고 했다. 아버지는 둘째 아들이 집을 나가면 방탕하게 살고 많은 고생을 할 것을 알았지만 아들이 집 밖으로 나가는 것을 허락했다. 이는 아버지가 아들을 정말 사랑했기 때문이다.

아버지는 아들이 고통을 통해 깨달음을 얻어 노예의 마음이 아니라 자유인으로 돌아오기를 바라면서 매일 대문 밖에 나와서 아들을 기다렸다. 이것이 사랑이다. 사랑에는 존중이 함께 가야 한다.

가족들끼리도 진정한 사랑이 메말라가고 있는 시대이다. 남편은 아내를 소유하려고 하고, 아내는 남편을 조종하려 한다. 그 속에서 갈등이 생기고 끝내 파탄에 이르는 가정들이 많다.

에리히 프롬은 사랑은 기술이라고 말했다. 기술은 배우고 훈련해야 능숙해진다. 자동차를 운전하는 것도 기술인데 기술은 배우고 반복해서 연습을 해야 한다. 사랑도 배워야 한다. 사랑하는 기술을 배워야 능숙하게 사랑을 받을 줄 알게 되고, 베풀 줄 아는 삶을 살게 된다. 행복은 사랑할 때 찾아온다.

생각의 차이

사람마다 삶을 살아가는 생각이 다르다. 똑같은 시간에 같은 저수지를 보아도 강태공은 낚시를 생각하고, 수영선수는 수영할 생각을 하고, 보트를 즐기는 사람은 보트 탈 것을 생각한다.

같은 꽃을 보아도 화초를 재배하는 사람은 '꽃을 어떻게 키워야 할까?'를 생각하고, 꽃꽂이를 하는 사람은 '저 꽃을 어떻게 꽂을까?'를 생각하고, 꽃을 파는 사람들은 '한 송이에 얼마씩 받아야 할까?'를 생각한다. 자기가 속해 있는 환경에 따라 생각이 달라진다.

일본의 아오모리青森 지방은 사과 산지로 유명하다. 어느 해 사과 추수기에 태풍이 불었다. 풍작을 눈앞에 두었던 농부들에게는 큰 재앙이었다. 대부분의 사과들이 익기 전에 떨어지고 말았던 것이다.

모두가 하늘을 원망하며 낙심하고 있을 때 한 농부가 매달려 있는 사과를 보곤 감사하며 기도했다. 아직도 매달려 있는 사과들이 있으니 감사할 수밖에 없다는 것이다. 어차피 떨어진 사과를 보고 원망을 한다 해도 그 사과들이 다시 나무에 달라붙을 리 만무하니 떨어진 사과를 보고 불평하지 말고 매달려 있는 사과를 보고 감사하는 것이 낫다고 생각한 것이다.

이렇게 매달려 있는 사과를 보고 감사하던 농부에게 기발한 아이디어가 떠올랐다. 당시는 치열한 입시 시기였다. 매달린 사과에 '절대 떨어지지 않는 사과'라는 가치를 부여하여 '합격사과'라는 상표를 붙이면 되겠다는 생각이었다.

엄청난 태풍에도 떨어지지 않고 견딘 사과이기 때문에 입시생들이 먹으면 시험에서 떨어지지 않을 것이라고 광고했다. 그러자 사람들은 10배의 값을 주고도 그 사과를 사서 입시생들에게 선물했다. 그 바람에 농부는 대박을 터뜨리게 되었다.

노만 빈센트 필 박사는 '사람이 걱정하는 일 중에서 실제로 일어나지 않은 일에 대한 걱정이 40%, 이미 지나간 일에 대한 걱정이

30%, 별로 중요하지 않은 일에 대한 걱정이 26%, 우리 힘으로 어찌할 수 없는 일에 대한 걱정이 4%'라고 말했다.

사실 우리가 염려하고 근심하는 일의 96%는 실제로 일어나지 않는다. 우리에게 일어나는 일은 불과 4%밖에 안 되는데 그것 때문에 염려하고 근심한다는 것이다. 그리고 그렇게 근심한다고 그 문제를 조금도 변화시킬 수가 없다는 것이다.

영국의 아서 랭크라는 사업가는 항상 사업에 대한 고민과 걱정으로 불안해했다. 그러던 중 하루는 염려, 근심에서 벗어나서 살 수 없을까 생각을 하다가 좋은 묘안이 떠올랐다.

월요일부터 주일까지 내내 염려, 근심하지 말고 중간인 수요일에 한꺼번에 모아서 근심을 하자 생각을 하고 실행에 옮겼다. 그래서 월요일부터 생겨난 염려, 근심은 전부 적어서 '근심, 염려함'을 만들어 그곳에 집어넣었다. 그리고 수요일에 그 함을 열어서 하나하나 읽으면서 근심을 했다. 그런데 놀라운 사실은 실제로 염려, 근심하던 것이 며칠이 지나고 난 다음에는 거의 다 해결되었든지 별로 중요치 않든지 큰 문제가 아니라는 것이었다.

결국 아서 랭크는 '염려, 근심'하는 것이 실제로 시간이 지나고 보면 아무것도 아니라는 사실을 알게 되어 삶 속에 일어나는 일로 인해 염려하거나 근심하지 않았다고 한다.

사람의 몸은 신비하다. 우리가 생각하고 반응하는 것에 따라 우리 몸에 분비되는 호르몬이 다르다. 분노, 불만, 공포를 느끼면 우리의 몸을 해치는 아드레날린이라는 호르몬이 분비된다. 그런데 웃고, 기뻐하고, 감사하며, 매사 긍정적 사고를 하면 세로토닌이라는 행복 호르몬이 분비된다. 좋은 생각과 긍정적인 생각이 행복을 만들어 내는 것이다.

습관의 힘

변화와 성숙을 추구하는 삶은 생각처럼 쉽지 않다. 변화를 추구한다는 것은 어떤 면에서 습관을 변화시킨다는 의미이다. 우리는 대부분 습관을 따라 살아간다. 습관은 하루아침에 만들어지는 것이 아니고 오랜 기간 반복되는 삶의 패턴을 통해 형성된다.

윌리엄 제임스는 "행동을 심으면 습관을 거두고, 습관을 심으면 인격을 거둔다. 그리고 인격을 심으면 운명을 거둘 것이다."라고 말했다.

습관을 바꾸면 운명이 바뀔 수 있다는 것이다.

미국에서 링컨 대통령보다 더 존경받은 사람이 딱 한 사람이 있는데, 그 사람이 벤저민 프랭클린이다. 벤저민 프랭클린은 좋은 습관을 만들기 위해 계획을 세우고, 한 달 동안 반복해서 훈련을 했다고 한다.

좋은 습관을 기르기 위해서는 먼저 자신의 삶을 살필 수 있어야 한다. 나에게 있는 나쁜 습관이 무엇인지 진단해 보아야 한다.

특별히 생각의 습관을 점검해 보는 것이 중요하다. 범사에 부정적인 습관, 두려워하는 습관, 미루는 습관, 생각을 게을리하는 습관…….

나쁜 습관을 고치는 좋은 방법은 좋은 습관을 훈련하는 것이다.

예를 들어 독서하는 습관을 만들고 싶다면, 먼저 계획을 세운다. 독서하기 가장 좋은 시간을 선택하고 장소를 선택한다. 그리고 먼저 독서에 대한 지식을 갖추고 매일 그 장소에 가서 독서를 반복하다 보면 독서하는 습관이 만들어진다.

스티븐 코비는 습관을 지식과 기술과 욕망의 혼합체로 정의한다. 지식은 우리가 무엇을 해야 하고, 또 왜 하는지 그 이유를 말해 준다. 기술은 어떻게 해야 하는지에 대한 방법을 말해주고, 욕

망은 하고 싶어 하는 것, 즉 동기를 말해 준다. 생활하면서 무엇인가를 습관화하려면 반드시 이 세 가지 모두가 있어야 한다.

변화를 사랑하라. 고통스럽지만 우리는 변화를 통해 아름답게 성장해야 한다. 성장에는 성장통이 있다. 변화에도 고통이 있다. 변화를 적으로 생각하지 말아야 한다. 변화를 친구로 생각해야 한다. 인생에서 승리하는 비결은 변화에 대한 유연성이다. 변화에 잘 적응하는 것이 실력인 것이다.

아쉬운 한 해를 보내면서

매년 마지막 주를 보낼 때면 지나온 한 해를 되돌아보며 아쉬웠던 일들, 좋았던 일들을 생각해 본다. 바둑에서는 이러한 일을 복기라고 한다. 바둑의 고수들은 바둑왕전 같은 큰 경기를 치르고 나면 반드시 복기를 한다. 복기란 바둑을 둔 경과를 검토하기 위해 처음부터 다시 그 순서대로 바둑판에 돌을 놓는 것을 말한다.

마지막 한 해를 보내면서 『바보 빅터』 이야기와 함께 '호빙 이펙트'에 대해서 생각해 보았다.

『바보 빅터』는 국제 멘사협회 회장이었던 빅터 세리브리아코프의 실화를 바탕으로 쓴 책이다. 빅터는 세계에서 아이큐가 제일 높은 사람이었지만 17년 동안 바보처럼 살았다. 어린 시절 빅터는 알코올 중독자 아버지와 함께 살았다. 집은 가난했고 아버지의 사랑이나 인정은 기대할 수 없었다.

빅터는 심한 말더듬이었고, 내성적이어서 학교에서도 늘 친구들의 놀림감이 되었다. 중학교 1학년 때 학교에서 아이큐 테스트를 했는데 173이 나왔다. 당시 세계에서 가장 높은 아이큐가 165였다. 그래서 담임선생님은 빅터가 공부도 못하고 내성적이고 심하게 말을 더듬는 아이라 미스프린트로 생각을 하고 빅터의 아이큐가 73이라고 말했다.

이 사실이 아이들에게 알려진 후, 빅터는 친구들에게 더 심하게 놀림을 받았다.

"빅터의 아이큐는 73, 돌고래보다 못한 놈이다."

결국 빅터는 학교를 자퇴하고 떠돌이 생활을 시작한다. 무려 17년 동안이나 떠돌아다닌다. 그러다 자신의 아이큐가 173이라는 말을 듣고 이때부터 빅터의 삶이 달라진다. 천재로서 자신의 삶을 살게 된다. 수많은 히트 상품을 만들어 내고 국제 멘사협회 회장이 된다.

모든 사람 안에는 잠재된 능력이 있다. 이 잠재능력은 누군가에게 인정받게 될 때 개발되고 발휘된다. 인정받지 못하면 자신감을 잃어버린다. 자신감은 어린 시절 길러지고 발달된다. 하지만 나이가 든 뒤에라도 어떤 계기를 통해 자신의 능력을 인정받게 되면 새롭게 생겨날 수 있다.

이렇게 해서 자신감을 갖게 되는 계기를 교육심리학에서는 호빙 이펙트Hoving Effect라고 말한다. 빅터 세리브리아코프가 자신감을 회복한 것도 호빙 이펙트라고 말할 수 있을 것이다.

'호빙 이펙트'란 말은 미국의 토마스 호빙이란 사람의 이름에서 따온 말이다. 그는 프린스턴 대학 학생 시절에 삶의 방향을 잡지 못한 채 방황하고 있었다. 모든 일에 의욕을 잃고 아무 일도 하지 못하고 허송세월하다가 학교에서도 낙제하고 퇴학 당할 지경에 이르렀다.

그는 어떤 과목에도 흥미를 느끼지 못했다. 그냥 공부하는 것이 싫고 재미가 없었다. 학교에서 제적되기 직전에 마지막으로 조각과에 등록하여 조각과목 수업을 듣게 되었다.

첫 강의 시간에 교수가 조각 작품 하나를 들고 들어와서 학생들에게 물었다.

"이것이 무슨 작품이며 어떤 예술적 가치가 있다고 생각하느냐?"

교수의 질문에 조각과 학생들은 각자가 상상력을 동원하여 열심히 대답했다. 드디어 호빙이 답할 차례가 되었다. 그때 호빙은 자신이 느끼는 대로 솔직하게 대답했다.

"나에게는 그 작품이 어떤 예술적 가치가 있는 것 같지 않고, 하나의 기계나 도구로밖에 보이지 않습니다."

이 대답이 그의 삶에 큰 전환이 되었다. 그 물건은 산부인과에서 사용하는 기구였던 것이다. 이 평가로 그는 교수에게 크게 인정받았다. 그래서 미술 전공으로 방향을 전환하고 미술 감정사의 길을 걷게 되었다. 후에 그는 뉴욕 메트로폴리탄 미술박물관의 큐레이터로 예술품 감정의 최고 권위자가 되었다.

한 해를 돌아볼 때 몹시도 인정에 목말라 있었던 것 같다. 외모보다 내면의 풍성함을 가꾸어야 하는데 보이는 것에만 더 많은 에너지를 투입했던 것이다.

새해에는 이파리만 무성한 삶이 아니라, 깊고 건실하게 뿌리를 내린 참나무처럼 척박한 땅 위에서도 흔들림 없이 꿋꿋하게 서 있는 삶이고 싶다.

하나님의 붕대

수천 송이의 장미꽃이 고운 옷을 차려입고 아름다운 자태를 뽐내고 있는 노적봉 공원에 갔다. 많은 사람들이 꽃을 보며 즐거워하며 사진을 찍었다. 사람들은 꽃을 좋아한다. 활짝 핀 꽃을 들여다보고 있으면 마음이 따뜻해지고, 평안과 위안을 느끼기 때문이리라.

하나님이 꽃을 만드신 이유는 아픔이 있는 곳을 치료해 주시기 위해서일 것이다. 사람들이 만든 이야기겠지만, 꽃과 관련된 설화에는 유독 깊은 아픔과 상처가 함께하고 있다. 장미꽃과 관련된 설화만 해도 여러 가지가 있다.

옛날 유대의 한 동네에 제이라아라는 아름다운 한 소녀가 살고 있었다. 한 동네에 살던 하무엘이라는 건달 청년이 제이라아를 사랑하게 되었고, 그녀에게 청혼을 했다. 그런데 제이라아는 청년의 구애를 받아주지 않았다. 그러자 하무엘은 제이리아에게 앙심을 품고 마녀라는 소문을 퍼뜨리고 다녔다. 소문은 순식간에 온 도시에 번지게 되었고, 소녀는 마침내 사람들에게 붙들려서 화형을 당하게 되었다. 이때 세상을 창조하신 하나님께서 소녀를 가엾이 여겨 타오르는 불길을 잡아주고, 소녀를 구해 주었다. 그러자 화형 틀에서 갑자기 싹이 돋아나고 이파리가 나오더니, 홍백색의 아름다운 꽃이 피어났다. 불이 붙었던 나무토막에서는 붉은 꽃이 피고, 아직 불타지 않은 나무토막에서는 하얀색 꽃이 피어났다.

하나님은 화형 틀에 붉고 하얗게 장미꽃을 피워 소녀의 상처를 치료해 주기를 원했던 것이다.

채송화와 관련된 설화도 있다. 옛날 어느 나라에 보석을 무척 좋아하는 여왕이 있었다. 그 여왕은 매일 백성들에게 보석을 바치라고 성화를 내었다. 백성들의 원망은 날로 높아만 갔다. 어느 날 코끼리 두 마리에 보석을 가득 실은 노인이 찾아와서 여왕에게 보석 한 개와 백성 한 사람씩을 바꾸자고 제안했다. 여왕은 너무나 좋아서 백성들과 보석을 다 바꾸었는데 보석이 하나 남았다. 그래서 그 마지막 보석은 자기 자신을 주고 바꾸기로 했다. 그리고 마지막 보석 하나를 노인에게 받아들었을 때 갑자기 모든 보석이 폭발하여 여왕은 죽고 말았다. 그때 폭발한 보석들이 땅에 흩어져서 채송화가 되었다는 것이다.

이렇듯 꽃과 관련된 설화에는 상처들이 있고 아픔이 있다. 그리고 아픔과 상처를 치료하고 회복시키기 위해 하나님은 그곳에 꽃이 피어나게 한다. 꽃은 하나님이 세상을 치유하시는 붕대인 것이다.

2007년 일본 작가 '텐도 아라타'가 쓴 장편 소설 『붕대클럽』이라는 책이 있다. 이 책은 2008년에 영화로도 만들어져 많은 사람들에게 진한 감동을 주었다. 주인공인 '와라'는 부모님의 이혼으로 어머니와 남동생과 함께 살았다. 공부에는 별로 취미가 없었기에 고등학교를 졸업하고 취직을 하려고 생각했다.

우연히 손목을 다쳐 병원을 찾았다가 병원 옥상에서 '디노'라는 남학생을 만나게 된다. 병원 난간에 서 있는 '와라'를 본 '디노'는 그녀가 자살을 하려고 한다고 생각하고 만류를 한다. 손목에 나 있는 상처를 리스트 컷으로 착각한 것이다.

리스트 컷이란 '타인으로부터 받은 극심한 스트레스를 자신에게 공격적 행동을 가함으로써 해소하려는 심리'를 말한다.

디노는 그녀와 이야기를 나누다가 그녀의 마음에 있는 상처를 눈치채고 옥상 난간에 붕대를 감아 그녀의 아픔을 싸매 준다. 주인공 와라는 디노의 엉뚱한 행동에서 새로운 아이디어를 얻어 단짝 친구와 새로 알게 된 친구들과 함께 인터넷에 '붕대 클럽'이런 홈페이지를 만들어서 상처 받은 사람들의 사연을 받고, 그 상처 받은 장소에 가서 붕대를 감아 주는 일을 시작한다. 어떻게 생각하면 너무나 유치한 발상이지만 그들은 그렇게 생각하지 않았다. 자신들이 붕대를 감아 주는 일로 인해 상처 받아 아파하는 이들이 조금이라도 행복해질 수 있다면 좋겠다는 마음뿐이었다.

자살골을 넣고 창피해서 학교생활을 제대로 못하는 소년을 치유하기 위해 자살골을 넣었던 골대에 붕대를 감았다. 철봉을 넘지 못하는 뚱보 소년을 치유하기 위해 철봉에도 붕대를 감았고, 실연당한 여고생을 위해 남자 친구와 헤어졌던 그네에 붕대를 감아 준다. 붕대를 감아 주는 것만으로도 많은 사람들이 치유 받고, 힘을 얻고, 용기를 얻었다는 이야기다. 누군가 아픔을 알아주고 작은 붕대만 감아 줘도 사람들의 마음은 치유를 받는다.

꽃은 하나님의 붕대이다. 그래서 사람들은 몸이 아파 병원에 입원한 사람들을 찾아갈 때 꽃을 사 가는지도 모른다.

하나님은 이 땅에 수많은 꽃을 피게 하심으로 상처받은 마음, 아픈 마음을 치유해 주고 싶으신 것이다. 그리고 지친 영혼에게 쉼을 주고 메마른 영혼에 생수를 채워주고 싶으신 것이다. 하나님이 주신 붕대는 우리를 소생케 하는 힘이 있다. 하나님이 만드신 붕대로 아픈 마음들이 다 치유되었으면 좋겠다.

살 아 가 는 기 쁨

제4장

배움이 있는 삶

배움에는 여러 가지 방법이 있지만 그래도 제일 쉽게 배울 수 있고
접할 수 있는 것이 독서라는 생각이 듭니다.
수십 년 동안 책을 읽으면서 느낀 것들이 참으로 많습니다.
책은 특별한 은총의 도구입니다.
책 속에는 많은 지식이 담겨 있습니다.
책을 통해 우리는 많은 현자들을 만날 수 있습니다.
책을 읽으면 미래가 보입니다.
책을 읽을 줄 아는 사람은 미래를 예측할 수 있습니다.
책 속에는 길이 있고, 문제에 대한 해결책이 있고, 아이디어가 있습니다.
책 속에는 우리의 삶을 변화시킬 수 있는 교훈과 기술이 담겨 있습니다.

배움의 아름다움

매주 화요일마다 독서 강의 및 토론을 진행하고 있다. 책을 통해 좋은 분들을 만나 대화하고 깨달음을 공유할 수 있어서 너무나 행복한 시간이다. 배움에는 여러 가지 방법이 있지만, 제일 쉽게 배울 수 있고 접할 수 있는 것이 독서라는 생각이 든다.

수십 년 동안 책을 읽으면서 느낀 것이 참으로 많다. 책은 특별한 은총의 도구이다. 책을 읽으면 미래가 보인다. 책을 읽을 줄 아는 사람은 미래를 예측할 수 있다. 책 속에는 길이 있고, 문제에 대한 해결책이 있고, 아이디어가 있다. 책 속에는 우리의 삶을 변화시킬 수 있는 교훈과 기술이 담겨 있다.

세계 인구의 0.2%밖에 안되는 유대인들이 세계에서 가장 권위 있는 노벨상의 25%를 수상했다 한다. 뿐만 아니라 학계, 정계, 경제계, 예술계를 망라해 유명인들 중 유대인들이 많다. 미국 아이비리그 대학교수의 30%가 유대인이고 월가의 금융 60%가 유대인에 의해서 움직인다니 정말 놀랍기만 하다.

유대인들의 탁월한 힘은 바로 독서에서 나온다. 한국 사람들은 대학을 졸업하면 그것으로 배움을 멈춰 버리지만 유대인들은 직장 생활을 하면서도 끊임없이 책을 읽고 토론을 한다. 멈추지 않고 배움의 일을 계속한다. 그러다 보니 계속해서 성장한다.

유대인들이 가장 존경하는 스승이 있는데 그 스승이 랍비 아키바라고 하는 사람이다. 그런데 아키바는 그의 나이 40이 되어서야 초등학교에 입학을 해 처음으로 공부를 시작하게 되었다.

랍비 아키바는 AD 50년 즈음에 가난한 시골 양치기의 아들로 태어났다. 그의 아버지도 그의 할아버지도 증조할아버지도 양치기였다. 그래서 그도 어려서부터 양치기로 성장했다. 집이 가난해서 공부를 하지 못했던 것이다. 이렇게 양치기로 청년이 된 아키바는 예루살렘에서 가장 큰 부자 중 한 사람인 칼바 사부에의 집에서 양치기로 일했다.

칼바 사부에에게는 아주 예쁜 라헬이라는 딸이 있었다. 어느 날 라헬이 아버지의 양을 보기 위해서 들판으로 나갔는데 이때 라헬을 본 가난한 양치기 아키바는 그만 첫눈에 라헬에게 반해 버린다. 그의 마음은 날로 라헬에 대한 사랑이 깊어갔다. 라헬도 아키바를 좋아하는지 매일 양을 보러 들판으로 나왔다. 며칠 뒤, 아키바는 라헬에게 용기를 내서 말했다.

"라헬 당신은 부잣집 딸이고 나는 가난한 양치기라는 걸 잘 압니다. 하지만 더는 내 마음을 숨길 수 없군요. 당신을 향한 사랑을 모른 척할 수 없어요! 부디 나의 아내가 되어 주시오. 내게 그보다 더 큰 행복은 없을 것입니다."

그러자 라헬이 이렇게 대답했다.

"만일 당신이 토라를 공부하고 유대 교육을 받는다면 결혼하겠어요."

그 대답에 아키바는 몹시 슬펐다. 가난한데다가 일하느라 바쁜 내가 어떻게 학교에 갈 수 있겠어. 나이도 있는데다 읽고 쓰기도 못 하는 내가 어떻게 어려운 토라를 공부할 수 있겠는가!

어느 날 아키바는 양떼 속에 쓸쓸히 서 있었다. 그때 이상한 것이 눈에 들어왔다. 깊은 구멍이 뚫린 크고 딱딱한 바위였다.

"어떻게 이 바위에 이렇게 깊은 구멍이 뚫렸을까?"

아키바는 가까이 다가가서 구멍을 들여다보았다. 그 구멍은 위에서 떨어진 물방울 때문에 생긴 구멍이었다. 끊임없이 떨어진 물방울이 딱딱한 바위를 뚫어버린 것이다.

아키바는 그 구멍을 보면서 혼자서 중얼거렸다.

"작은 물방울이 이렇게 딱딱한 바위에 구멍을 낼 수 있다니!"

그 구멍은 오랜 시간이 만들어 낸 결과물이었다. 그때 아키바는 그것을 보고 깨달았다. 나이가 많아도, 충분히 교육을 받지 못했어도, 토라 공부에 모든 것을 걸 수 있을 것 같았다. 꾸준히 배우면 자신도 달라지고 변할 수 있겠다는 사실을 깨달은 것이다. 그래서 라헬에게 토라를 공부하고 유대교육을 받겠다고 말했다. 라헬은 즉시 아버지에게 가서 무식하고 가난한 양치기인 아키바와 결혼하겠다고 선언했다. 그러자 아버지는 미친 듯이 날뛰더니 그 딸을 집에서 내쫓아 버렸다.

집을 나온 라헬은 그 길로 아키바의 아내가 되었다. 그들은 서로 사랑했다. 그러나 생활은 몹시 가난했다. 처음에는 집이 없어서 마구간의 짚더미 위에서 잠을 잤다. 양치기 직업을 잃은 아키바는 나무꾼이 되어 산에 올라가 나무를 해서 팔아 먹고살았다. 먹고사는 것이 힘들어서 아키바는 율법을 공부하지 못했다. 그러다가 그들에게 아이가 태어났다. 큰아들이 학교에 들어가게 되었을 때 아키바는 자신도 아들과 함께 학교에 다니겠다고 결심했다. 그의 나이 40이었다.

학교 선생님은 아키바에게 학문적인 재능이 있다는 것을 금방 알아차리고 아키바를 응원했다.

아내인 라헬은 "희생 없이는 위대한 것을 이룰 수 없다."고 하면서 자신이 대신 가족들을 먹여 살릴 테니 당신은 위대한 랍비가 될 때까지 학문에 매진하라고 말했다. 아키바는 몇몇 학교를 다닌 뒤에 집을 떠나 당시 유명한 랍비 밑에서 공부했다.

어느 날 라헬은 초도 없이 매일 밤 어둠 속에서 책을 읽느라 아키바의 시력이 나빠졌다는 것을 알았다. 곧바로 라헬은 자신의 아름다운 머리카락을 잘라 시장에 내다 판 돈을 아키바에게 보냈다. 어렵게 공부한 끝에 아키바는 위대한 랍비가 되었으며, 그의 이름이 중국까지 알려졌다.

가난했던 양치기가 이스라엘에서 가장 존경받는 랍비가 된 것이다. 이윽고 랍비 아키바가 아내 라헬을 만나러 고향으로 돌아왔다. 그는 혼자가 아니었다. 그는 자신을 따르는 1만 2천 명의 제자들을 거느리고 고향으로 돌아왔다. 위대한 랍비가 돌아왔다는 소식을 들은 마을 사람들은 모두 나와서 그를 환영했다.

그때 한편에 서 있는 초라한 여성이 제자들의 눈에 띄었다. 제자들은 그 여인을 향해 "거기 가난한 여인이여, 물러나시오. 위대한 랍비를 위해 길을 비키시오."라고 말했다. 그때 아키바가 그 여인에게 빠르게 가면서 말했다.

"저 여인은 내 아내 라헬이요, 내게 토라 공부를 시켜준 여인이다. 그녀의 도움이 없었다면 나는 랍비가 될 수 없었을 것이며, 또한 당신들도 내 제자가 될 수 없었을 것이다."

말을 마친 아키바는 자신의 아내를 끌어안고 마을로 들어갔다. 그리고 그의 장인인 칼바 사부에를 찾아가서 이렇게 말했다.

"지금 당신은 가난한 양치기와 결혼한 딸을 용서하고 당신의 집으로 맞이할 수 있겠습니까?"

"네 당연합니다. 당신이 나와 함께 살아준다면 이보다 더 기쁜

일은 없을 것입니다."

둘은 서로 부둥켜안고 용서하고 화해했다.

지속적인 배움은 우리의 삶을 더 아름답게 만들어 준다. 지극히 큰 위대함도 언제나 작은 선택에서 시작된다. 배움을 사랑하고 배움을 즐기는 사람은 소망이 있다. 희망이 있다. 우리는 항상 배움을 사랑해야 한다.

배움은 우리의 삶에 깊은 깨달음을 얻게 하고, 배움은 우리를 더 성장하게 한다.

농사꾼 아버지

월요일 오전에 집에서 모처럼 한가롭고 여유로운 시간을 보내고 있었다. 차 한 잔을 옆에 두고 『내 영혼의 정원을 가꾸시는 하나님』이라는 책을 읽고 있는데, 갑자기 적막을 깨는 초인종 소리가 들렸다. 문을 열고 나갔더니 "택배비 오천 원입니다." 하면서 큰 자루 하나를 집 안으로 밀어 넣어 주었다.

누가 보냈을까? 자세히 살펴보니 시골에서 농사짓고 계신 부모님께서 올해 수확한 햅쌀을 보내신 것이다. 아버님은 평생 시골에서 농사를 짓고 계신다. 지금은 농지의 대부분을 젊은 사람들에게 맡기고 작은 논 두 개와 손바닥만 한 밭떼기 하나에 이것저것 파종하며 농사일을 계속하신다.

나는 농부의 아들로 태어나 90이 넘도록 농사를 짓는 부모님을 보아왔다. 그래서 그런지 농부의 마음을 누구보다 잘 안다. 농부의 마음은 세상에서 가장 아름다운 마음이다. 농부는 늘 하늘을 바라보고 산다. 혼자의 힘으로는 농사를 짓는 것이 불가능하기 때문이다. 하늘에서 비를 내려 주고 햇빛을 내려 주어야 곡식이 싹이 나고 자라서 풍성한 열매를 맺는다는 것을 농부는 잘 안다. 그래서 농부는 항상 무릎을 꿇고 낮은 마음으로 산다. 땅을 갈아엎고 돌을 제거하고 딱딱한 흙을 부드럽게 하기 위해 땅에 엎드린다. 땅에 씨앗을 심기 위해 자세를 낮춘다. 또한 심은 곡식을 돌보기 위해 무릎을 꿇고 그 곡식을 수확하기 위해서도 무릎을 꿇는다.

농사짓는 아버지의 모습에서 예수님의 모습을 본다. 이 세상에서 가장 귀하고 소중한 것들은 무릎을 꿇는 헌신에서 나온다. 우리는 소중한 것일수록 가까이 두고 정성을 다해 가꾼다.

농부들의 마음속에는 가꿈이 가득 차 있다. 가꾼다는 것은 돌본다는 것이다. 돌봄은 관심에서 시작되고 관심은 사랑에 있다. 결국 농부의 마음은 사랑하는 마음이다. 땅을 가꾸고 곡식을 가꾸는 농부에게서 정성을 배운다. 정성을 다하는 인생은 아름답다. 정성을 다해 가꾼 것들은 정직하다. 그래서 잘 가꾸어진 인생은 아름다운 것이다.

버림의 아름다움

매일 산책 삼아 오르는 동네 뒷동산이 있는데 걸어서 10분 정도 오르다 보면 봉우리와 봉우리를 연결하는 골짜기처럼 지대는 낮지만 조금 평평한 장소가 나온다. 그곳에는 제법 키가 큰 상수리나무들이 군락을 이루고 있다.

10월이 되면 이 나무군락은 버림의 축제를 시작한다. 여름날 뜨겁게 내리쬐는 햇살 한 올 한 올을 모아 키웠던 상수리 열매를 버리기 시작하고, 이어서 파란 가을 하늘을 수놓았던 형형색색의 잎사귀들을 버리기 시작한다. 바람이 지날 때마다 수천 개의 이파리들이 한꺼번에 흩날리는 모습은 그야말로 장관이다.

나무는 버림의 아름다움을 알고 있다. 버림은 또 하나의 생명을 잉태하고 더 큰 성장을 준비하는 것이다. 나무는 열매를 버려 씨앗을 심는다. 잎사귀를 버려 생명이 더 성장할 수 있는 토양을 만들어 준다.

나무가 버린 열매들은 숲 속 다람쥐들의 먹이도 되지만 그중에 몇 개는 차곡차곡 쌓인 낙엽에 묻혀 이듬해 봄이 되면 새싹을 틔울 것이다. 그리고 차곡차곡 쌓인 낙엽들은 겨우내 내린 눈과 섞여 나무들이 성장하기에 최적의 자양분을 만들어 줄 것이다.

버림은 더 큰 성장을 준비하는 것임을 나무를 통해 배우게 된다. 버릴 때 더 많은 것을 얻을 수 있다. 버릴 줄 아는 사람은 성장한 사람이고 성숙한 사람이다.

일본인 작가 중 곤도 마리에라는 분이 있다. 이 사람은 정리 컨설턴트라는 특이한 직업으로 사람들의 이목을 끌고 있다. 그녀는 엉망진창으로 뒤죽박죽된 집을 방문해서 정리 정돈하는 비법을 가르쳐 준다고 한다. 곤도 씨는『인생이 빛나는 정리의 마법』,『버리면서 채우는 정리의 기적』이라는 책을 출간했다.

이 책들은 정리 정돈을 잘하는 비결에 대해 이야기하고 있는데 결론은 과감하게 '버림'이다. 그런데 지니고 있는 모든 것을 다 버리게 되면 당장 필요한 물품이 생길 텐데 그럼 버린 물건을 또 사야 되는 불편함을 겪게 된다. 그래서 그녀는 버리는 데 하나의 원칙을 세웠다. 그 원칙은 '하나하나 만져보고 가슴이 설레는 물건이라면 남기고, 설레지 않는 물건은 과감히 버리라'는 것이다.

어린 아이들은 버릴 줄 모른다. 자꾸 쌓고 모으는 것을 좋아한다. 그러나 어른이 되면 불필요한 것은 버릴 줄 알게 된다. 버림은 지혜요, 겸손이다.

겸손humility이라는 말의 어원은 낙엽이 썩어 흙이 되는 부식토humus이다. 하나님께서는 우리를 이 부식토인 흙으로 만드셨다고 한다. 흙처럼 낮은 자세, 배움의 자세로 살기 원하시기 때문일 것이다. 사람은 흙처럼 낮은 자세로 살 때 가장 평화롭고 안전하다. 세계 각국에서 테러가 발생하고 있다. 위로 올라가고픈 마음 때문일 것이다. 자신을 낮추는 것을 두려워해서는 안 된다. 땅처럼 낮출 때 공허는 충만으로, 불안은 평강으로 바뀌게 된다.

소통을 위해

IT 혁명시대를 살아가고 있는 우리는 이전보다 훨씬 다양한 방법(카톡, 페이스북, 트위터, 밴드 등)으로 소통하고 있다. 멀리 떨어져 있는 사람들과도 실시간, 쌍방향으로 소통이 가능해졌다. 한데 우리 시대 사람들은 오히려 과거에 살았던 사람들보다 소통으로 인해 더 어려움을 겪고 있다. 통通하지 않으면 통痛이 온다는 말이 있다.

찬드라 구룽이라는 네팔 여인이 외국인 근로자로 우리나라에 입국했다. 찬드라 구룽은 서울의 한 섬유공장에서 보조 미싱사로 일했다. 1993년 어느 날 분식집에서 라면 하나를 시켜 먹었다. 그런데 지갑을 가지고 오지 않아 계산을 못 하고 있었다. 그러자 식당 주인은 그를 경찰에 신고했다.

“행색이 초라하고 말이 통하지 않는다.”

경찰은 한국어를 더듬는 찬드라 구룽을 ‘1종 행려병자’로 처리해 정신병원에 보내 버렸다. 그렇게 갇힌 세월이 6년 4개월이나 되었다.

찬드라 구룽은 정신병원 관계자들에게 간절하게 외쳤다.

“나는 네팔 사람이에요.”
“나는 미치지 않았어요.”

병원에서는 그렇게 외치는 찬드라에게 강제 투약을 단행했다. 라면 한 그릇 먹고 돈을 내지 못했다고 찬드라 구룽은 6년 4개월 동안 정신병동에 갇혀서 고통을 당하고 말았다.

우리 사회를 뜨겁게 달구고 있는 이슈 중의 하나가 갑과 을의 문제이다. 우리는 누구든 갑이 될 수 있고 을이 될 수 있다. 갑과 을의 문제를 해결할 수 있는 해법은 소통에 있다.

사람은 본래 자기중심적으로 생각하고 말하기를 좋아한다. 이것이 소통의 문제를 일으킨다. 소통을 잘하려면 사람을 소중히 여기는 마음이 있어야 한다. 사람을 사랑하는 마음이 있어야 한다. 사랑하면 이해하고, 사랑하면 덮어주고, 사랑하면 통하기 때문이다. 이 시대는 사랑이 필요한 시대이다.

몇 년 전에 크게 주목을 받았던 영화들 중에 〈워낭소리〉가 있다. 워낭은 소의 목에 달아주는 방울이다. 이 영화는 다큐멘터리로, 경북 봉화에 사는 최 씨 할아버지와 소의 삶을 조명한 것이다. 평생 땅을 지키며 살아온 최 노인에게는 40년을 함께해온 소 한 마리가 있었다. 소의 수명은 보통 15년인데 이 소의 나이는 무려 마흔 살이나 되었다. 살아 있다는 게 믿기지 않을 정도의 나이가 된 이 소는 최 노인의 친구이며, 농기구이고, 자가용이다. 귀가 잘 들리지 않는 최 노인이지만 희미한 소의 워낭소리는 금방 알아듣는다.

노인은 다리가 불편하지만 소 먹일 풀을 베기 위해 매일 산을 오른다. 심지어 소에게 해가 갈까 논에 농약을 치지 않는다. 그러던 어느 날 봄, 최 노인은 수의사에게서 소가 올해를 넘길 수 없을 거라는 선고를 듣는다. 죽기 전에 소를 팔아보려고 우시장에 간다. 그때 소가 눈물을 흘린다. 이미 최 노인의 마음에도 소를 팔고 싶은 마음은 없었다. 시장에 가자 누가 그렇게 늙은 소를 사느냐며 오히려 핀잔을 준다. 결국 최 노인은 소를 끌고 집에 돌아온다. 그 후에도 노인과 소는 가장 가까운 친구로 살아가는데, 얼마 후에 소가 죽게 된다. 죽은 소를 땅에 묻기 위해 흙을 파는 노인의 모습은 마치 죽은 자식을 묻는 심정처럼 슬프게 보였다.

이 영화를 TV를 통해 보면서 불통의 세상에 가장 완벽한 소통을 보여주는 영화라고 생각했다. 사람과 짐승 사이에도 서로 사랑하면 모든 것이 통한다는 것이다.

최 노인은 소의 눈빛만 보아도, 걸음걸이만 보아도 소의 상태를 안다. 노인은 소를 위해 최선을 다하고, 소는 주인을 위해 최선의 노력을 다했다. 그 속에 사람과 짐승이 하나로 소통되는 아름다움을 보았다.

사랑하면 보이고, 사랑하면 들린다. 사랑하면 소통하지 못할 것이 없다.

씨앗을 심으며

고운 햇살이 하늘의 문을 열고 미소를 짓는 3월이 되면 나는 언제나 작은 정원에 작은 씨앗을 심는다. 기다림의 마음을 가꾸기 위해서이다. 기다리는 마음은 모든 것을 성숙하게 한다. 씨앗은 기다림을 통해 싹을 틔운다. 기다림을 통해 뿌리를 내리고 성장하여 마침내 꽃을 피워 낸다.

우리의 마음도 기다림을 통해 더 깊어진다. 기다림은 성숙함을 만들고 겸손을 만들고 지혜를 잉태하게 한다. 지혜는 우리의 삶에 더 깊은 통찰력을 심어 주고 더 깊이 분별할 수 있는 능력을 체득하게 한다. 성숙한 사람은 전체를 볼 줄 안다. 그리고 깊이 볼 줄 안다. 작은 것 속에서 큰 것을 보고, 큰 것 속에서 작은 것을 볼 줄 안다.

성숙한 사람에게는 다양한 사람을 품을 수 있는 넓은 마음이 있다. 어른, 아이, 청년 할 것 없이 모든 사람을 품을 수 있다. 넓은 품을 가진 사람은 어디에 있든지, 누구를 만나든지, 사랑받고 환영받는다. 사람들은 품이 넓은 사람을 좋아한다.

성숙한 마음은 세월의 열매라기보다 기다림을 통해 얻는 소중한 마음이다. 마음이 성숙에 이른 사람은 누구를 만나든지 그 사람에게 기쁨을 나눠주고, 행복을 나누어 준다. 뜸이 잘 든 밥이 맛있는 것처럼, 성숙한 사람은 맛이 있고 멋이 있다. 오늘 이 시대는 이런 마음을 가진 사람이 더 요구되는 시대이다.

어제는 고향에 사는 친구가 선물을 보내왔다. 다름 아닌 씨앗이었다. 백합 구근 20뿌리를 보낸 것이다. 친구가 내 마음을 어떻게 알았는지 모르지만 귀한 선물을 받아든 내 손과 마음은 기쁨과 고마움으로 가득 채워졌다. 항상 조용하지만 세심하게 친구들을 배려했던 오랜 친구의 따뜻한 마음이 전해져서 하루 종일 하늘을 날아가는 기분이었다.

나의 마음은 겸손으로 가득 채워졌고 밥알 하나 남김없이 점심을 먹은 후에 세상에서 가장 겸손한 마음으로 씨앗을 심었다. 흙을 파서 부드러운 흙을 만지면서 흙의 마음을 생각했다. 흙은 서두름이 없다. 흙은 항상 정직하다. 심을 것을 훨씬 더 많이 내어 준다.

흙은 기다릴 줄 알고 인내할 줄 안다.

친구는 씨앗을 심고 기다리며 아름다운 마음을 가꾸라고 말하는 것 같다. 원숙한 마음을 훈련하라고 말하는 것 같다. 친구의 마음처럼 더 원숙하여 더 낮은 곳으로 다가가고 싶다. 더 깊은 곳으로 나가고 싶다.

위대함이란 무엇일까?

2014년 7월에 〈명량〉이라는 영화가 온 나라를 떠들썩하게 만들었다. 한국 영화 흥행 기록을 새롭게 세우고 앞으로 몇 년 동안은 감히 그 기록을 넘을 수 없는 벽을 만들었다. 무엇이 대한민국을 그토록 열광하게 만들었을까? 한 사람의 위대한 삶 때문이었을 것이다. 사람들은 위대한 삶을 좋아하고 그렇게 살아온 사람들을 존경한다. 평범한 삶에 대해서는 별로 감동받지 않는다.

위대한 삶이란 무엇일까? 어린 시절에는 당연히 나라를 위해 한 몸 바친다든지 아니면 세계적인 발명품을 만드는 일, 올림픽 같은 경기에 나가 금메달을 따는 일이라고 답을 했을 것이다.

그런데 『위대한 개츠비』라는 소설을 쓴 작가 피츠제럴드는 전혀 다르게 위대한 삶을 우리에게 말해 주고 있다.

위대한 개츠비에 나오는 닉은 미국의 중서부에서 뉴욕으로 이사를 와서 롱 아일랜드 교외에 작은 집을 빌려 그곳에서 살아간다. 그의 이웃에는 거부巨富가 살고 있는 집이라고 알려진 개츠비의 저택이 있었고, 그곳에서는 매일 성대한 파티가 열렸다.

가난한 어린 시절을 보냈던 개츠비는 군대 시절 만났던 부잣집 딸 데이지와 결혼을 약속하나 그가 떠나간 동안에 그녀는 톰 뷰캐넌이라는 재벌과 결혼을 해버린다. 이에 엄청난 배신감을 느낀 개츠비는 수단과 방법을 가리지 않고 돈을 벌기 시작해 드디어 큰 부자가 되어 데이지가 살고 있는 집 근처에 있는 대저택을 구입하고, 매 주말마다 호화로운 파티를 열었다. 언젠가 데이지도 그 파티에 오게 될 것을 꿈꾸면서 그렇게 한 것이다.

개츠비는 자신의 이웃에 살고 있는 닉이 데이지와 6촌 관계라는 것을 알고 닉에게 데이지와의 만남을 주선해 주도록 부탁을 한다. 5년 만에 데이지를 만난 개츠비는 그녀가 이제는 부자가 된 자신에게 반드시 돌아올 수밖에 없을 것이라고 생각을 했다. 결혼 생활에 무료함을 느낀 데이지도 개츠비의 출현을 심히 기뻐한다. 개츠비와 데이지의 남편인 톰의 갈등이 심화되면서 데이지는 개츠비의 차를 운전하다가 톰의 정부情婦를 치어 죽이고 달아난다. 개츠비가 차를 몰았다고 생각한 톰은 개츠비를 찾아가 사살한다.

그 이후 데이지는 아무 일도 없었다는 듯 남편과 여행을 떠난다. 문전성시를 이루었던 개츠비의 파티와는 달리 그의 장례식에는 닉 외에 겨우 한 명의 손님만 참석한다.

닉은 크게 실망을 한다. 도덕성이라곤 찾아볼 수 없는 도시 생활에 환멸을 느낀 것이다. 그래서 그는 다시 중서부의 고향으로 돌아간다.

사랑받을 자격이 없는 여자를 사랑했던 개츠비의 삶은 아무리 생각을 해도 위대함을 찾아볼 수 없는 불쌍한 삶이다. 너무나 허무한 삶이다. 돈 때문에 떠나간 사랑을 돈으로 되찾겠다는 것부터 이미 흘러간 과거를 되돌릴 수 있다는 생각 자체도 너무나 유치하기 짝이 없다.

그런데 피츠제럴드는 책의 첫머리에서 '위대한'이란 수식어를 갖다 붙인 이유를 설명한다. 그것은 바로 개츠비가 암담한 현실 속에서 희망을 감지하고 찾았다는 것이다. 사랑에 실패했다 해도 다시 사랑하기를 두려워하지 않았다는 것이다. 언제라도 다시 사랑에 빠질 준비가 되어 있다는 것이다. 이것 때문에 개츠비가 위대한 삶을 살았다는 것이다. 이해가 잘 되지 않지만, 작가는 위대함에 대해서 그렇게 이야기했다.

우리가 살고 있는 시대의 위대한 삶이란 무엇일까? 매일 귀에 거슬리는 사건 사고가 일어나고 있다. 얼마 전, 부천에서는 어린 자녀를 때려 숨지게 하고 그것을 은폐한 일이 있었다. 청년 실업률이 사상 최대에 이르고 세계적인 경기 불황으로 국민들의 가슴은 타들어간 지 이미 오래다. 청년들은 희망을 잃고 3포 시대를 열창하고 있다. 도대체 어디를 봐도 희망이 보이지 않아 헬Hell 조선이라는 말도 유행어처럼 번졌다.

이런 시대에 우리에게 위대한 삶은 무엇일까? 그냥 하루하루 살아내는 것이 아닐까?

하루하루 살면서 오늘 하루 무사히 보낸 것에 대해 감사하며 사는 삶이 진정 위대한 삶이 된 것은 아닐까?

오프라 윈프리는 「포브스」 잡지가 선정한 세계의 영향력 있는 100명 중 한 명으로 뽑힌 여성이다. 그녀는 사생아로 태어나 9살에 성폭행을 당하고 14세에 출산하여 미혼모가 되었으나 아기는 출생 후 2주 만에 죽고 말았다. 그 충격으로 가출 후 마약 복용으로 지옥 같은 세월을 보냈다. 그러나 그런 바닥인생을 떨치고 재기하여 최고의 인기 여성으로 성장하게 되었다.

오프라 윈프리는 고통스러운 날에도 하루도 거르지 않고 감사의 일기를 썼다. 그녀는 날마다 일어난 일 중에서 5가지 감사한 제목을 찾아 적었다.

1) 오늘도 잠자리에서 거뜬히 일어날 수 있게 하셔서 감사합니다.

2) 오늘도 푸른 하늘을 볼 수 있게 하셔서 감사합니다.

3) 점심 때 맛있는 스파게티를 먹을 수 있어서 감사합니다.

4) 얄미운 짓을 한 동료에게 참을성 있게 하셨음을 감사합니다.

5) 좋은 책을 읽었는데, 그 책의 작가에게 감사합니다.

오프라 윈프리는 이런 감사의 생활을 통하여 2가지를 배웠노라 말했다. 첫째는 인생에서 소중한 것이 무엇인지를 배웠다. 둘째는 삶의 초점을 어디에 맞추어야 할지를 배웠다.

이런 감사의 습관이 그녀가 불행을 딛고 일어설 수 있는 에너지가 되었다. 이런 감사하는 삶이 모진 환경을 딛고 일어나 많은 사람들에게 용기를 주고 희망을 주는 여인으로 성장하게 했던 것이다.

사람은 언제나 고난의 시간을 통해 더 깊이, 더 강하게 성장을 한다. 어둠이 깊을수록 새벽이 가까이 와 있다는 말이 생각이 난다. 답답한 마음에 글을 쓰지만 진정 감사하는 삶이 이 시대의 해답이 될 것이다. 감사하며 하루하루를 살아 내는 사람이야말로 진정 위대한 삶을 살고 있는 것이리라.

의미 있는 삶

세상에서 제일 살기 좋다고 하는 나라 스위스에서는 아기가 태어나면 바로 주민등록카드를 발급해 준다고 한다. 그 카드에는 그 아이가 스위스의 몇 번째 국민인지와 함께 이름, 성별 그리고 출생일자가 기재된다. 또한 주민등록카드에는 '재산의 규모'를 기록하는 칸이 있는데, 갓 태어난 아기에게는 그곳에 '시간'이라고 적는다.

갓 태어난 아기에게는 시간이 재산이라는 의미인 것이다. 그런 면에서 시간은 하나님께서 우리 각자에게 주신 '가장 소중한 평생 자산'이라고 할 수 있다. 우리는 시간을 이용해 무엇이든 할 수 있기 때문이다. 학문을 익힐 수 있고, 일을 해서 돈을 벌 수 있고, 이

웃을 돕는 일을 할 수 있고, 여가 시간을 활용해 의미 있는 일들을 할 수 있다.

나이가 들수록 느껴지는 것이 시간의 소중함이다. 어린 시절에는 빨리 어른이 되고 싶어 시간이 좀 빨리 갔으면 했는데, 중년이 되고 보니 시간이 너무 빨리 흘러 좀 천천히 흐르기를 바라고 있다. 바란다고 시간이 천천히 흘러가는 것도 아닐 것이다. 시간은 붙잡아 둘 수 없다. 내가 의미 있게 사용하지 않으면 그냥 소모되어버리고 만다. 우리의 삶의 근간을 이루는 '어제'라는 시간도 따지고 보면 이미 써버린 돈이나 다름없다. 그래서 우리는 하루하루를 살아갈 때 더 의미 있게 살아야 한다.

의미 있게 산다는 것은 여러 가지가 있을 수 있다. 우연히 만난 사람들에게 따뜻한 말 한마디를 건네는 것도 의미를 만들 수 있다.

책 『휠체어로 나는 하늘을 난다』의 주인공은 하루하루 의미 없이 살아가던 청년이었다. 이 청년은 처지가 비슷한 친구들과 어울려 다니며 되는 대로 살았다. 중학교 때에 가정불화로 인해 가족들이 모두 뿔뿔이 흩어지게 되었고 그 이후 불량소년이 되어 방탕하게 살아가게 된다. 이 청년에겐 세상 모든 것이 불만스러웠다. 그러던 어느 날 친구들과 술을 마시다가 불량배들과 시비가 붙어 쫓기게 되었다. 청년은 필사적으로 도망을 치다가 건물 옥상에서 추락하고 말았다. 그가 눈을 뜬 곳은 병원 침대였고, 그는 의사에게 충격적인 소식을 들었다.

"자네는 하반신이 마비되어 평생 걷지 못하게 될 거야."

청년은 의사의 말을 듣고도 크게 슬퍼하지 않았다.

"내 인생 정말로 끝나버렸네."

조소가 섞인 푸념을 내뱉은 것이 전부였다. 사고 소식을 들은 어머니가 청년을 찾아와서 헌신적으로 아들을 보살펴 주었다. 어머니의 헌신에 힘입어 청년은 재활 치료를 받고 퇴원해 일상으로 돌아갔다. 그러나 두 다리로 설 수 없는 그가 할 수 있는 일은 아무것도 없었다. 어머니는 아들을 돌보느라 과로로 쓰러졌고, 더 이상 도울 수 없게 되자 청년만 남겨두고 어디론가 자취를 감추었다. 청년은 다시 한 번 어머니에게 버림받았다고 생각했다. 그러던 중 친구가 자살했다는 비보를 전해 들었다. 청년은 그 친구처럼 완전히 세상을 등지기로 결심했다.

마침 우리나라 부산 태종대에 있는 자살 바위처럼 자살의 명소로 불리는 절벽이 있는 사진이 눈에 들어왔다.

그는 휠체어를 타고 전철과 기차를 갈아타면서 그곳으로 향했다. 그런데 이상한 일이 일어나기 시작했다. 어떤 사람이 휠체어를 밀어 주었다. 또 어떤 사람은 몸이 괜찮은지 물어봐 주었다. 청년이 차를 탈 때에는 청년이 완전히 차를 탔는지 확인한 후에 문을 닫는 운전자도 있었다. 이상한 일이었다.

전에는 그런 적이 없었고, 사람들이 그의 생애 마지막이 될지 모르는 날에 완전히 다른 행동을 보여 주는 것이었다.

청년은 자살의 명소로 오르는 동안 숫자를 세기 시작했다. 자신에게 도움을 주는 사람의 숫자를 센 것이다. 휠체어를 밀어준 아저씨, 괜찮은지 물어봐주는 아줌마, 전철에서 내릴 때 도와준 학생, 언덕을 올라갈 때 뒤에서 말없이 휠체어를 밀어준 사람들…….

그가 끝을 맞이할 장소에 이르자, 그를 도왔던 사람들의 숫자가 셀 수 없을 정도로 많아졌다. 청년이 벼랑으로 이어지는 길로 들어서자, 눈여겨본 관광객들이 하나둘씩 청년의 뒤를 따르기 시작했다. 삽시간에 인파가 수십 명으로 늘어났다. 걱정 어린 눈빛으로 입을 굳게 다물고 청년을 따른 것이다.

사람들은 자살의 명소에, 동행도 없이, 짐도 없이 휠체어 바퀴를 스스로 굴리며 나타난 청년의 속마음을 알아챈 것이다. 청년이 벼랑 끝에 서자 누군가가 입을 열었다.

"아름답네요, 세상은 참 좋은 곳이죠."

다른 사람들이 맞장구를 쳤다.

"그러게요, 여기가 자살 명소라지만 나 같으면 내일 밤 드라마가 궁금해서라도 뛰어내리지 못할 것 같아요."

사람들은 청년이 들으라는 듯, 조심스럽게 살아가야 할 이유에 대해 한마디씩 늘어놓았다.

청년은 사람들의 깊은 배려에, 차마 휠체어 바퀴를 벼랑 끝으로 밀어 낼 수 없었다. 그는 미동도 하지 않고, 자신을 진심으로 염려해 주는 사람들의 이야기를 들었다. 청년의 눈에서 눈물이 흐르기 시작했다. 그는 그제야 자신에게 용기가 없다는 것을 깨달았다. 어려움에 빠졌을 때 누군가에게 도움을 청할 용기를 내 본 적이 없었던 것이다. 도움을 청하지 않고 불평만 일삼으면서 남의 탓만 하며 살아온 자신을 본 것이다.

그때 한 노인이 휠체어 옆으로 다가가 부드럽게 말을 걸었다. 청년은 노인에게 마음을 열고 도움을 청했다.

"저는……. 어떻게 해야 할까요? 도와주세요."

청년은 무사히 집으로 돌아왔고 남은 삶을 소중히 여기며 살기로 결심했다. 도움을 받을 줄 알고 도움을 줄 수 있는 사람이 되기로 한 것이다. 스스로를 받아들인 그는 훗날 심리학을 공부해서 상담 카운슬러가 되어 자신과 같이 아픔을 겪는 사람들의 마음을 만지는 삶을 살게 되었다.

의미 있는 삶을 산다는 것은 어렵지 않다. 가까이 있는 사람들에게 따뜻한 말 한마디 건네주는 것도 의미 있는 삶이 될 수 있다. 가족들을 인정해주고 자녀들에게 용기를 주는 말들, "고맙다.", "사랑한다." "괜찮아." "네가 있어서 행복해." 이런 말을 건넴으로써 우리의 삶은 얼마든지 의미 있는 삶이 된다. 나에게 집중하는 삶보다 주변을 생각해 주고 배려해 주는 속에 삶의 의미는 더 깊어진다.

자아상 바꾸기

사람은 누구나 자아상을 가지고 있다.

자아상自我象이란 무엇인가?

"내가 나 자신을 어떻게 보는가?"
즉 '내가 나 자신을 바라보는 셀프 이미지'를 의미한다.

내가 나를 어떻게 바라보느냐는 것은 인생을 살아가는 데 있어 굉장히 중요한 것이다. 긍정적인 자아상을 가진 사람은 세상을 긍정적으로 보고 감사하며 자신감 있게 살아간다. 다른 사람에 대해서도 관대하고, 이해심이 많고 따뜻하게 대한다. 그래서 긍정적인 자아상을 소유한 사람들은 대부분이 성공적인 인생, 행복한 인생을 살아간다.

반면에 부정적인 자아상을 가진 사람은 매사에 원망, 불평이 많다. 자신감이 없고, 소극적이며, 패배적이고 비관적인 인생을 살게 된다. 다른 사람을 대할 때도 부정적, 비판적, 공격적이다. 뿐만 아니라 모든 실패의 원인을 항상 남의 탓으로 돌린다. 따라서 이런 자아상을 가진 사람은 실패하거나 불행한 인생이 되기 쉽다.

우리가 인생을 살아갈 때 긍정적 자아상을 갖는다는 것은 매우 중요한 일이다.

한 소년이 있었다. 이 소년은 극도의 콤플렉스에 빠져 있었는데 아홉 살 때 있었던 사건 때문이었다. 어느 날 그가 우물가를 지나고 있었는데, 그를 쳐다본 동네 아낙네들이 충격적인 말을 내뱉었다.

"재는 뭘 믿고 저렇게 못생겼냐! 얼굴은 홀쭉하고 눈은 왜 저렇게 움푹하지. 참 못생겼네!"

그날 이후로 이 소년은 자신의 외모에 대해 심한 열등감을 가졌다. 자신의 외모에 대해 큰 콤플렉스가 생긴 것이다. 늘 자신은 못

생겼다고 생각했고, 다른 사람들 앞에 설 때마다 외모 때문에 부끄러움을 느꼈다.

이 소년은 아주 총명하고 영특했다. 그의 나이 스물네 살 때 국가 장학생으로 선발되어 미국에 있는 프린스턴 대학으로 유학을 갔다. 그렇지만 6년이 지나도 박사 학위를 받지 못했다. 아무리 노력을 해도 학문에 진전이 없었다.

그러다가 한 아름다운 미국인 여대생에게 충격적인 말을 들었다. "당신처럼 잘생긴 동양 학생은 처음 보네요."

그는 너무 놀라서 그 아름다운 여대생이 한 말을 곱씹고 또 곱씹었다. 그러자 아홉 살 때 동네 아낙네들에게 받았던 마음의 상처가 치유되고, 그 상처로 인해 만들어졌던 그 부정적인 자아상이 긍정적인 자아상으로 바뀌었다.

그 이후로 그는 자신감을 회복했고, 얼마 후에 박사 학위를 받았다. 이 사람이 한신대학교 교수였던 문동환 박사이다. 그는 목회자로서, 크리스천 사회운동가로서 크게 이름을 날렸다.

우리 역시 성공적인 인생을 살기 위해서는 세상이나 환경을 바꾸기보다 나의 생각과 자신의 자아상을 바꾸는 것이 낫다. 자아상을 바꾸는 순간 인생의 터닝 포인트turning point가 이루어진다.

준비하는 지혜

갑자기 추워진 날씨 탓인지 월동준비를 서두르는 모습들이 눈에 들어온다. 월동준비란 겨울을 나기 위해 김장을 하고 연탄을 들여놓으며 난방 시설을 점검하는 일들을 일컫는 말이다.

우리나라는 사계절이 뚜렷하다. 우리 민족은 사계절의 변화에 대처하면서 많은 지혜를 터득해 왔다. 각 계절마다 해야 할 일이 있고, 또 다음 계절을 위해 준비해야 할 일들이 있다. 이런 계절의 변화에 능동적으로 대처하지 못하면 크게 낭패를 보게 된다.

씨앗을 뿌려야 할 때 뿌려야 나중에 추수할 때에 거둘 수 있다. 우리 민족은 이런 계절의 변화로 인해 근면함과 준비의 지혜를 터득해 세계에서 으뜸가는 민족의 반열에 올랐다.

월동준비의 지혜는 자연계에서도 활발하게 이루어진다. 산책길에서 만나는 다람쥐들은 겨울나기를 위해 분주하게 도토리를 찾아 움직인다. 다람쥐는 겨울을 나기 위해 백 개의 도토리가 필요하다고 한다. 꿀벌 역시도 가을의 끝자락까지 연신 날갯짓을 하며 마지막 남은 꽃 한 송이를 찾아 쉼 없이 움직이며 꿀을 모은다.

추운 겨울은 정말 싫다. 하지만 우리의 삶에 겨울은 꼭 필요하다. 우리의 인생에도 사계절이 있고, 겨울은 반드시 찾아온다. 인생의 겨울이 다가오기 전에 우리가 해야 할 월동준비는 마음을 가꾸는 일이다. 우리의 내면을 돌보는 것이다. 내면이 건강해지고 튼튼해지면 봄이 왔을 때 더 왕성한 성장을 이룰 수 있다.

겨울은 영원히 계속되지 않는다. 반드시 끝이 있다. 썰물이 끝나는 곳에서 밀물이 시작되듯이 겨울이 끝나는 곳에서 봄이 시작된다. 잘 준비한 사람이 긴 겨울을 행복하게 날 수 있고, 기쁨으로 봄을 맞게 될 것이다.

지혜의 우물

어렸을 때 살았던 동네에는 세 개의 우물이 있었다. 하나는 동네 위쪽에, 또 하나는 아래쪽에, 그리고 다른 하나는 동네에서 조금 떨어진 논들이 모여 있는 곳에 있었다. 동네에서 조금 떨어진 논과 논 사이에 있었던 우물은 동네 사람들이 빨래하는 데 주로 사용했다. 우물이 깊지 않아 마시거나 음식을 장만하는 데에는 부적합했기 때문이다.

샘이 깊지 못한 물을 건수라고 부른다. 건수는 비가 오면 많아지고, 가뭄이 오면 말라버린다. 비가 많이 오면 물맛도 변하고 색깔도 변한다.

샘은 깊을수록 맑고 시원한 물이 나온다. 깊은 곳에서 솟아오르는 샘은 바깥 날씨나 기후의 영향을 많이 받지 않는다. 가뭄이 와도 물이 마르지 않고, 비가 오고 장마가 계속되어도 물이 불어나지 않는다.

동네 위쪽에 있던 샘은 아주 깊은 샘이었다. 어린 내가 이 샘에서 물을 긷는 것은 매우 힘든 일이었다. 두레박 끈이 굉장히 길어야 했고, 물을 퍼서 두레박을 끌어당길 때 온 힘을 다해 당겨야만 했다. 그런데 동네 사람들은 이 샘을 제일 많이 이용했다.

"왜 그럴까?"

물맛이 제일 좋았기 때문이다. 깊은 샘에서 길어낸 물은 아주 시원하고 맛이 좋다. 그러나 아무리 깊은 우물이라고 할지라도 계속해서 물을 퍼 올리지 않으면 우물은 결국 말라 버리고 만다.

몇 년이 지나고 집집마다 수도 시설이 만들어지자 동네 사람들이 우물을 이용하지 않았다. 그러자 그렇게 깊었던 우물도 결국 말라 버리고 말았다.

우리의 마음에는 지혜의 샘이 있다. 명철한 사람은 이 지혜의 샘에서 지혜를 끌어올린다. 이 지혜로 더 성장하고 더 변화하는 삶을 살게 된다. 그러나 계속해서 지혜를 끌어내지 않으면 말라 버리고, 더 이상 지혜를 끌어 올릴 수 없게 된다.

우리는 마음의 샘에서 지혜를 끌어내기 위해 마음이 어떻게 작동하는지 배워야 한다. 현명한 사람은 마음을 소중히 여기고 마음을 가꾼다. 마음을 살피고 마음이 잘 작동하도록 에너지를 채워 넣는다.

지혜란 무엇일까? 지혜는 분별력이다. 선과 악을 분별하고 일의 옳고 그름을 분별할 수 있는 능력이다. 지혜로운 사람은 문제가 생겼을 때 지혜의 샘에서 지혜를 끌어 올려 문제를 잘 해결한다. 지혜는 문제를 해결하는 능력이다.

지혜는 자석과 같다. 지혜로운 사람에게는 물질도 붙고 사람도 붙고 행복도 붙는다. 지금 이 시대는 지혜로운 사람을 필요로 한다.

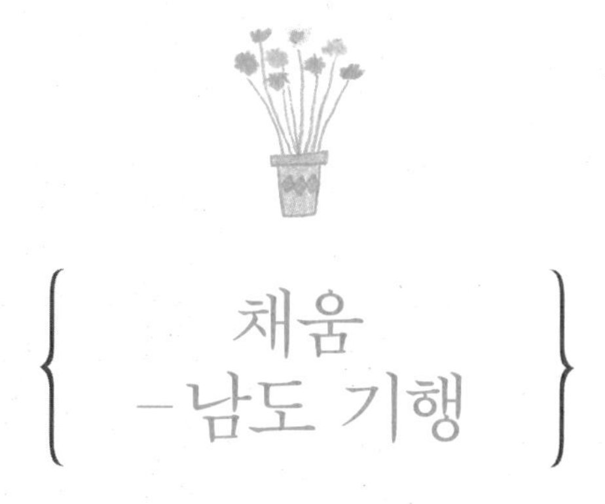

채움 –남도 기행

사람들은 새로운 한 해를 시작할 때마다 마음에 뜻을 세우기도 하고 굳은 결심을 하기도 한다. 그런데 얼마 가지 않아 결심이 약해지고 세웠던 뜻이 흐지부지되고 만다. 세운 뜻을 이루기 위해서는 지속적인 채움이 필요하다. 그래서 한 해의 시작점인 1월은 1년 중 가장 추운 달인지도 모른다.

추울 때 자연계는 모든 활동을 중지하고 내실을 다진다. 숲 속에 사는 동물들도 동굴 속에 들어가 겨울잠을 잔다. 나무들도 이파리를 다 떨어뜨리고 외적 활동을 중지한 채 땅속 깊이 박힌 뿌리가 퍼지도록 한다.

우리는 자연계를 통해 배워야 한다. 1월에는 세운 뜻을 이루기 위해 전력투구하는 것보다 내면을 더 풍성하게 가꾸는 일이 필요하다. 내면이 충만하게 채워졌을 때 세운 뜻을 이루는 것이 쉬워지기 때문이다.

댐을 건설하면 3년에서 5년 정도는 물을 내보내지 않는다. 일정한 양의 물이 차기까지 기다린 후에 물을 내보내기 시작한다. 채움이 있어야 미래가 있고 나눔을 실천할 수 있기 때문이다. 우리에게 없는 것을 나눌 수는 없다. 나누기 위해서는 먼저 소유해야 하고, 공급을 받아야 한다.

삶을 아름답게 가꾸는 데에는 여유로운 마음과 따뜻함 그리고 사랑이 필요하다. 이런 것들은 외부에서의 공급이 필요하다. 여행을 통하거나 좋은 만남을 통해서도 채울 수 있다.

연초에 한반도의 끝자락에 위치한 고향을 찾았다. 서해안 고속도로를 질주할 때 느끼는 시원함이 온갖 소음과 복잡한 도시 생활에 찌든 나의 영혼을 말끔하게 씻어주었다. 고속도로 끝자락에서 잠시 고민하다가 목포대교를 지나 해남군 산이면 쪽으로 방향을 정하고 서해가 출렁이는 영암군 삼호읍 쪽으로 천천히 차를 몰았다. 다리 몇 개를 지나 해남군 산이면에 접어들었을 때 파란 하늘 아래 고즈넉하게 자리 잡은 작은 동네들이 빨간 황토밭과 어울려

한 폭의 수채화를 그리고 있었다.

어린 시절, 나는 하늘을 무척 좋아했다. 하늘과 맞닿아 있는 산을 좋아했고 하늘에서 내려오는 비와 눈을 몹시도 좋아했다. 세상의 모든 길 끝에는 하늘로 올라가는 사다리가 있을 것이라고 믿었기 때문이다. 언젠가는 꼭 그 사다리가 있는 길 끝에 이르고 싶었다. 내가 하늘을 사랑한 이유는 하늘에는 이 세상을 만든 창조주가 있을 것이라 믿었기 때문이다.

산이면에서 바라보는 파란 하늘은 저 멀리에서 황토밭과 맞닿아 있었다. 그곳으로 달려가면 하늘로 올라가는 사다리가 있을 것만 같았다.

해가 지고 어두움이 온 땅을 덮기 시작했을 즈음, 어린 시절의 친구를 만났다. 음악을 사랑하며 눈을 감은 채로 시를 술술 풀어내는 친구를 만난 것이다. 간단한 식사와 차 한 잔의 여유로움을 뒤로 하고 해남에서 요트업을 하고 있는 또 다른 친구와 함께 우린 땅 끝을 향해 출발했다.

차 안에는 부드러운 음악이 조용하게 흘러 나왔고, 가끔씩 헤드라이트에 비친 나무들과 구불구불한 길들이 평안함을 더했다. 한참을 달려 땅 끝 전망대에 이르렀을 때 친구는 가게 앞에 차를 멈추더니 캔 맥주 몇 개를 샀다. 곧장 전망대로 올라가 차가운 바닷바람을 맞으며 캔 맥주를 따서 마시는 친구의 모습에서 중년의 성숙함과 생의 깊이를 느낀다. 깜깜해서 망망대해는 보이지 않았지만, 개펄 냄새를 싣고 오는 갯바람으로 인해 이곳이 바다임을 피부로 느끼며 머릿속으로 갈매기가 날고 있는 바닷가의 풍경을 상상해 보았다.

다시 차를 타고 우리가 찾은 곳은 땅 끝 등대 밑이었다. 등대는 홀로 외롭게 밤하늘을 비추고 있었다. 등대 밑 벤치에 앉은 친구는 이생진의 시를 읊조리기 시작했다. 『그리운 바다 성산포』에 나온 시의 일부분이었다.

그리운 바다 성산포 – 이생진

살면서 고독했던 사람
그 빈 자리가 차갑다
아무리 동백꽃이 불을 피워도 살아서 가난했던 사람,
그 빈 자리가 차갑다.

나는 떼어 놓을 수 없는 고독과 함께
배에서 내리자마자 방파제에 앉아 술을 마셨다 해삼 한 토막에
소주 두 잔.

이 죽일 놈의 고독은 취하지 않고
나만 등대 밑에서 코를 골았다.

술에 취한 섬. 물을 베고 잔다 파도가 흔들어도 그대로 잔다.

저 섬에서 한 달만 살자
저 섬에서 한 달만 뜬눈으로 살자 저 섬에서 한 달만
그리움이 없어질 때까지.

친구가 좋아하는 시를 마음으로 읽어 보았다. 깊은 고독이 느껴진다. 사람은 원래 고독한 존재이다. 고독한 인생을 살다가 고독하게 가는 것이 인생이리라. 하나님 없는 인생은 항상 고독하며 고독을 노래할 수밖에 없으리라.

젊은 시절 고독으로 인해 청량리역에서 동해로 가는 밤 열차에 몸을 실은 적이 있다. 박노해의 시집에 여행을 떠나려면 혼자서 떠나라는 말에 그렇게 했던 것이다.

중년이 되어버린 난 고독을 좋아하지 않는다. 혼자 여행을 떠나는 것도 좋아하지 않는다. 함께하는 것이 좋다. 말을 많이 하지 않아도 통하는 친구와 함께하는 것이 좋고 사랑하는 가족들과 함께하는 것이 좋다. 함께함 속에 채움이 있고 사랑이 있고 즐거움이 있어서일 것이다.

둘째 날은 약간 늦은 오후에 길을 나섰다. 다산 초당은 늘 한 번 들르고 싶은 곳이지만 미루고 미루다 이제야 찾게 된 것이다. 초당으로 오르는 길은 아름드리 나무들이 자라 있는 곳인데 나무의 뿌리들이 밖으로 뻗어 나와 얽히고설켜 있다.

이 길을 걸으며 정호승 시인은 「뿌리의 길」이라는 시를 썼다.

뿌리의 길 - 정호승

다산초당으로 올라가는 산길
지상에 드러낸 소나무의 뿌리를
무심코 힘껏 밟고 가다가 알았다
지하에 있는 뿌리가
더러는 슬픔 가운데 눈물을 달고
지상으로 힘껏 뿌리를 뻗는다는 것을
지상의 바람과 햇볕이 간혹
어머니처럼 다정하게 치맛자락을 거머쥐고
뿌리의 눈물을 훔쳐 준다는 것을
나뭇잎이 떨어져 뿌리로 가서
다시 잎으로 되돌아오는 동안

다산이 초당에 홀로 앉아

모든 길의 뿌리가 된다는 것을

어린 아들과 다산초당으로 가는 산길을 오르며

나도 눈물을 달고

지상의 뿌리가 되어 눕는다

산을 움켜쥐고

지상의 뿌리가 가야 할

길이 되어 눕는다

초당으로 올라가는 길 동안 억지로 시를 떠올리며 입으로 읊조려 보려 하지만 잘되지 않는다. 시를 잊어버린 것이다. 어느새 날이 어두워지기 시작했다. 초당 위에서 멀리 펼쳐져 있는 도암면 앞바다를 보고 싶었지만 이렇게 빨리 어둠이 찾아올 줄이야…….

채움을 위해서 좋은 것을 공급받아야 한다. 우리는 매일 매 순간 공급을 받아야 산다. 그런 면에서 우리의 삶에는 더 겸손함이 필요하다. 산소가 공급되지 않으면 우리는 숨을 쉴 수 없다. 음식이 공급되지 않는다면 우리의 생명은 소멸하게 된다. 사랑이 공급되지 않는다면 사랑할 수 없어 마음도 관계도 모두 황폐해진다. 채움은 우리에게 여유로움을 주고 안정감을 준다. 삶의 균형을 잡을 수 있는 힘을 공급해 준다.

표현하는 삶

새벽부터 봄비가 내리고 있다. 오늘처럼 봄비가 내리는 날엔 물새들이 한가하게 노니는 호수가 내려다보이는 창가에 앉아 시나몬 향이 깊이 풍기는 카푸치노를 앞에 두고 모차르트 피아노 협주곡 21번을 듣고 싶다.

모차르트의 피아노 협주곡 21번은 1785년에 빈에서 작곡한 피아노 협주곡으로, 23번과 함께 가장 유명한 곡이다. 이 협주곡은 교향곡적인 성격을 띠고 있고, 그의 피아노협주곡 중에서 둘째라면 서러워할 형식미가 담겨 있다.

이 협주곡을 작곡할 당시 모차르트는 극심한 가난과 빈곤에 시달렸다. 그해 11월에 출판업자 호프마이스터에게 보낸 편지를 보면 당시의 형편을 짐작할 수 있다.

"급히 필요해서 얼마간 빌려야 하겠습니다. 아무쪼록 돈이 빨리 왔으면 좋겠습니다."

특히 제21번의 경우, 자필 악보에는 악보 대신 숫자가 빽빽하게 적힌 가계부가 더 많은 부분을 차지하고 있어서 보는 이의 마음을 아프게 한다. 이 곡은 같은 해인 1785년 3월 12일 예약 연주회에서 작곡자 자신의 독주로 초연되었다. 이때 이 협주곡을 들은 그의 아버지의 편지에는 "이 곡은 청중들의 박수갈채를 받았고, 많은 사람들이 눈물을 흘리고 감격했다."라고 적혀 있다.

모차르트는 자신의 빈곤함을 음악으로 승화시킴으로써 더 깊은 감동을 우리에게 선사했다.

우리는 인생을 살아가면서 마음에 있는 것들을 표현하며 살아간다. 음악가는 음악으로, 미술가들은 그림으로, 글을 쓰는 작가들은 글로 표현하고, 대부분의 사람들은 언어로 표현하며 살아간다. 좋은 표현들은 보고 듣는 이들에게 감동을 주고, 다시 일어설 수 있는 용기를 주기도 한다.

어떤 의미에서 우리의 미래는 표현에 의해 결정된다고도 말할 수 있다. 그래서 표현의 기술을 배우고 익히는 것이 중요하다. 표현을 통해 길이 열리기도 하지만, 잘못된 표현으로 인해 오히려 길이 막히기도 한다. 좋은 표현은 사람을 얻게 하지만, 그릇된 표현은 소중한 사람을 잃게 할 수도 있다.

인생은 표현을 통해 더 풍성해지고, 아름다워진다. 우리는 표현을 통해 용기를 주고, 표현을 통해 위로하고, 표현을 통해 더 깊은 사랑을 나눈다. 표현을 통해 새로운 관계를 만들 수 있고, 깨어진 관계도 회복할 수 있다.

좋은 표현은 삶에 찾아오는 수많은 사건들을 가슴 깊이 품을 때 무르익게 된다. 품으면 품을수록 깊은 통찰력이 생기고, 이 통찰력은 새로운 깨달음에 이르게 한다. 이렇게 깨달음에 이른 한마디가 아름다운 미래에 이르게 한다. 모차르트는 가난을 깊이 품음으로써 그의 생애 최고의 작품을 남길 수 있었다.

제5장

추억 속으로의 시간 여행

어린 시절 우리 집 마당 한쪽 구석에는 두 그루의 감나무가 있었다.
이 감나무는 어린 시절 나의 가장 좋은 친구였다.
초등학교 다니기 전부터 봄, 여름, 가을, 겨울 할 것 없이 사시사철 감나무와 함께 놀았다.
감나무에 올라가 말타기도 하고,
나뭇가지에 새끼줄을 매달아 그네를 타기도 하고,
감나무 아래서 술래잡기도 하고,
감나무 잎사귀를 엮어 모자를 만들어 쓰고,
인디언 흉내를 내면서 소리를 지르고 놀기도 했다.

감나무 위에는 감만 열리는 것이 아니라 나의 꿈도 영글어 가고 있었다.

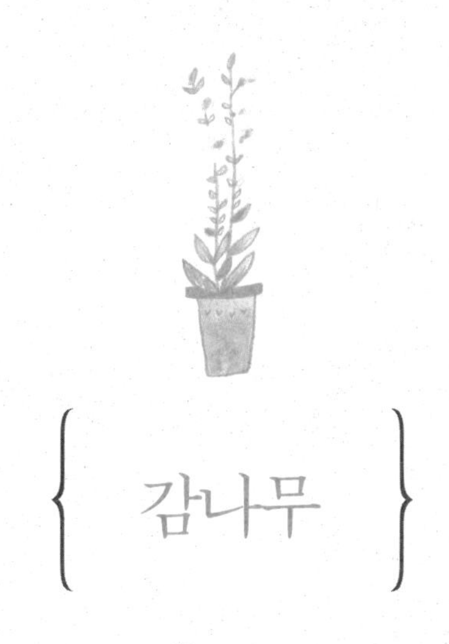

감나무

제법 날씨가 쌀쌀해졌지만 점심식사 후에 습관을 따라 가까운 산으로 산책을 나갔다. 산으로 들어가는 입구에는 산 어귀에서 농사를 짓는 분들이 사는 집 두 채가 있는데 그 집 마당 한쪽에 감나무가 몇 그루 서 있다. 감나무 잎사귀는 다 떨어져 나가고 나뭇가지에 노랗게 익은 감이 주렁주렁 매달려 있다. 이미 홍시가 된 감들도 있는지 까치 두 마리가 가지에 앉아서 감을 파 먹고 있었다.

어린 시절 우리 집 마당 한쪽 구석에는 두 그루의 감나무가 있었다. 이 감나무는 어린 시절 나의 가장 좋은 친구였다. 초등학교 다니기 전부터 봄, 여름, 가을, 겨울 할 것 없이 사시사철 감나무와 함께 놀았다.

감나무에 올라가 말타기도 하고, 나뭇가지에 새끼줄을 메달아 그네를 타기도 하고, 감나무 아래서 술래잡기도 하고, 감나무 잎사귀를 엮어 모자를 만들어 쓰고, 인디언 흉내를 내면서 소리를 지르며 놀았다.

겨울이 되면 아버지는 감나무를 시작으로 해서 담벼락 끝까지 산에서 해온 땔감 나무들을 빼곡히 쌓아 놓았다. 그 땔감 나무와 담벼락 사이에는 항상 작은 공간이 생겼는데 그 공간에 지푸라기와 거적때기를 바닥에 깔고 짚 뭉치로 문을 만들어 그 속에 들어가서 겨우내 놀았던 기억이 난다.

봄이 되면 감나무에는 이파리가 나오기 시작하고 감꽃이 핀다. 새로 나온 잎사귀는 잘 말려서 차를 만들어 마시기도 하는데, 감잎에는 비타민 C, 비타민 A, 클로로필이 다량 함유되어 있어 예로부터 건강차로 애용됐다.

감꽃은 5월경에 피는데 예쁘다든지 색깔이 곱다든지 하지는 않다. 그냥 아이보리 색에 뻥튀기 부왕과자처럼 생겼다. 꽃이 핀 지 얼마 되지 않아 꽃이 떨어지게 되는데, 그 꽃을 먹으면 달착지근해서 많이 먹었다.

가을이 되면 매일 감나무에 올라가 홍시를 찾는 게 일과였다. 잘 익은 홍시 몇 개를 찾아 먹는 날은 아주 기분이 날아갈 것 같았다. 가끔씩 형이 먼저 학교에서 와서 홍시를 다 따 먹어 버리면 그렇게 허전할 수가 없었다.

11월이 되면 가족들이 모여 감을 딴다. 일요일 학교에 가지 않는 날을 잡아서 가족들이 감을 땄는데 감을 따는 일은 무척 재미있었다. 나무에 마음껏 올라갈 수 있었기 때문이다. 감을 딸 때 반드시 지켜야 할 규칙이 있다. 감을 다 따서는 안 된다는 것이다. 감나무 제일 꼭대기에 매달려 있는 감은 까치밥이라고 하여 남겨 두어야 했다. 감을 다 따고 나면 이웃들에게 나누어 주고, 남은 것은 어머니가 아무도 모르는 곳에 숨겨 두신다. 그리고 차가운 바람이 세차게 부는 겨울이 되었을 때 어머니는 홍시가 된 감을 꺼내 주면서 먹으라고 했다.

초등학교 5학년쯤 되었을 때였던 것 같다. 하루는 학교에서 돌아왔는데 배가 몹시 고팠다.

감나무를 쳐다보는데 까치밥으로 남겨 둔 감이 빨간 홍시가 되어 매달려 있었다. 홍시를 따서 먹고 싶었다. 고민하다가 빨랫줄을 지탱해주고 있는 긴 대나무를 빼들고 감나무 밑으로 갔는데, 길이가 턱없이 모자랐다. 장대를 나뭇가지 사이에 세워두고 감나무 위로 올라가기 시작했다. 중간쯤 올라가서 한쪽 손으로는 나뭇가지를 잡고 한쪽 손으로 장대를 잡아 위로 끌어올리려 하는데 너무 무거웠다. 겨우 장대를 올려서 두 손으로 장대를 잡고 나무 꼭대기에 있는 홍시를 향해 연신 장대를 휘둘러보지만 홍시는 떨어지지 않았다. 다시 장대를 한 손으로 잡고 더 높이 올라가려고 몸을 일으켜 세웠다. 그리고 한 손으로 나뭇가지를 잡았는데 그만 장대를 떨어뜨리고 말았다. 순간 나도 발이 미끄러져서 감나무에서 떨어져 버렸다. 다행히 떨어진 곳이 짚더미를 쌓아 놓은 곳이었기에 크게 다치지는 않았지만 떨어진 순간 정신을 잃어버렸다.

한 번 나무에서 떨어지고 나니 까치밥으로 남겨둔 홍시는 다시 먹고 싶지 않았다. 그 홍시는 겨울까지 매달려 있다가 어느 순간 사라지고 없었다. 감나무를 생각하면 셸 실버스타인이 쓴 『아낌없이 주는 나무』 이야기가 생각이 난다.

먼 옛날에 한 그루의 나무가 있었다. 그리고 나무에게는 사랑하는 한 소년이 있었다.

그 소년은 하루도 빠짐없이 나무에게로 와서 떨어지는 나뭇잎을 한잎 두잎 주워 모아 왕관도 만들어 쓰고, 나무에 올라가 열매도 따 먹고, 숨바꼭질도 하고, 피곤하면 나무그늘에서 단잠을 자기도 했다.

소년은 나무를 사랑했고, 나무는 행복했다. 시간은 흘러…….

소년은 나이가 들었고, 어느 날 나무를 찾아온 소년이 나무에게 돈이 필요하다 말하자, 나무는 나뭇잎과 사과를 내어주었다.

한동안 나무를 찾아오지 않던 소년이 어느 날 오더니 아내와 아이들에게 필요한 집을 지어야 한다고 말했다. 그래서 나무는 자신의 가지를 내어주었다.

오랜 세월 동안 돌아오지 않았던 소년이 어느 날 찾아오더니 나무에게 배 한 척을 마련해 달라고 요청했다.

"그럼 내 줄기를 베어다가 배를 만들려무나."

소년은 나무의 줄기를 베어서 배를 만들어 타고 멀리 떠나가 버렸다. 그리고 시간은 더욱 더 흘러 소년은 노인이 되어 밑동밖에 남아 있지 않은 나무에게 찾아왔다.

자신의 모든 걸 내준 나무는 그 소년에게 자신의 밑동까지 내어주며 "자, 앉아서 쉬기에는 늙은 나무 밑동이 그만이야. 이리 와서 앉아. 앉아서 편히 쉬도록 해." 소년은 나무가 시키는 대로 했다. 그래도 나무는 행복했다.

눈 다래끼

며칠 전, 약국에 앉아 있는데 젊은 아주머니 한 분이 눈 다래끼 약을 사러 왔다. 눈에 다래끼가 한 번 나면 잘 안 낫는다고 하면서 약을 넉넉하게 달라는 것이다. 눈 다래끼라는 말을 듣자 어린 시절 눈 다래끼 때문에 고생했던 기억이 되살아났다. 이유는 잘 모르겠지만 초등학생 시절에 눈 다래끼가 참 많이 났던 것 같다.

특히 요맘때쯤, 여름이 지나고 찬바람이 불어올 때 눈에 다래끼가 자주 생겼던 것 같다. 밤에 잠을 자고 아침에 일어나 눈을 떴을 때 다래끼가 나 있으면 눈을 뜨기가 몹시 불편했다. 거울을 보면 눈꺼풀 위쪽이나 아래쪽이 볼록하게 부풀어 올라서 손을 갖다 대면 너무 아파 소리를 지를 정도였다. 그런데 이 다래끼는 그냥 없어지는 경우가 거의 없다. 어머니가 다래끼를 짜주어야 사라졌다. 다래끼를 짜내는 일은 너무나 고통스러운 일이었다.

먼저, 어머니는 나를 시켜 동네 뒤에 있는 탱자나무 가시를 꺾어 오게 하신다. 탱자나무 가시는 반드시 다래끼가 난 사람이 꺾어 와야 했다. 그 가시로 다래끼를 찔러 터뜨리고, 손으로 다래끼를 눌러 짜면 고름과 피가 섞여 나온다. 그리고 며칠이 지나면 그냥 치료가 되었다.

문제는 탱자나무 가시로 찌르는 것도 무서운데 어머니가 손으로 눌러 다래끼를 짜낼 때면 너무 아프다는 것이다. 얼마나 아픈지 집이 떠나가라고 소리를 지르고 운다. 또 얼마나 심하게 발버둥을 치는지 형들까지 가세해서 몸을 잡고 다래끼를 짜내는 것이다. 그러니 다래끼가 나면 공포 그 자체였다.

그런데 초등학교 3학년 때쯤 다래끼를 쉽게 제거하는 법을 알아냈다. 하루는 옆집에 살았던 후배가 있었는데 그 후배가 우리 집에 오더니 나에게 같이 놀자고 하는 것이다. 그 친구 눈에 다래끼가 나 있었다. 그 친구는 나를 데리고 자기네 집 쪽으로 나 있는 골목길로 가더니, 작은 조개껍질이 엎어져 있는데 그것을 발로 차보라는 것이다. 아무 생각 없이 조개껍질을 힘껏 발로 찼다. 그랬더니 그 친구 하는 말이 이제 자신의 눈에 나 있는 다래끼가 곧 나에게 옮겨 갈 것이라는 것이다.

자기 눈에 나 있는 다래끼에서 눈썹 하나를 뽑아 조개껍질로 덮어 놓았는데 누군가가 그 조개껍질을 발로 차면 그 사람에게 다래끼가 옮겨 간다는 것이다. 어린 마음에도 정말 웃기는 얘기로 들렸다. 그래서 무시했다. 그런데 놀랍게도 다음날 아침에 일어났더니 정말 눈이 아픈 것이다. 설마 하고 거울을 보았는데, 정말로 눈에 다래끼가 나 있었다. 그리고 옆집 후배의 눈에서는 정말 감쪽같이 다래끼가 사라져 있었다.

나도 실험을 해보기로 했다. 먼저 조개껍질을 준비해서 눈썹을 하나 뽑았다. 그리고 다시 나에게 다래끼를 옮겨 주었던 그 집 앞으로 가서 그 집 대문 앞에 사람이 제일 많이 드나드는 쪽을 골라 먼저 눈썹을 놓고 그 위에 조개껍질을 올려놓았다.

숨어서 누가 차는지 망을 보았다. 한 10분쯤 지났을 때 옆집에 살던 여자애가 나오더니 그 조개껍질을 밟고 지나가는 것이다. 가서 살펴보았는데 껍질이 깨져 있었다. 그리고 다음날 아침 일어났는데 정말 내 눈에 있던 다래끼가 감쪽같이 사라졌다. 그리고 옆집에 살던 여자애의 눈에 다래끼가 나있는 것이다. 정말 신이 났다. 이제 다래끼가 두렵지 않았다. 오히려 다래끼가 좀 났으면 좋겠다는 생각까지 들었다.

한 번은 다래끼가 나서 같은 방법으로 친구의 집 앞에 조개 무덤을 설치해 두었다. 그랬더니 다음 날 아침 내 눈에서 다래끼가 사라졌다. 이번에는 친구 아버지의 눈에 다래끼가 나 있는 것이었다.

나중에 고등학교 친구 하나가 다래끼를 치료하는 또 다른 방법을 알려 주었다. 아버지가 비누공장을 하던 친구였는데, 그 친구의 눈에 다래끼가 나 있었다. 그래서 많이 아프겠다고 위로해 주면서 조개껍질 무덤을 설치하는 것을 이야기해 주었다. 그러자 친구는 더 놀라운 비법을 알고 있다는 것이었다. 그래서 이미 조치를 취했다고 했다. 내일이면 사라질 것이니 두고 보라는 것이다.

그리고 하루가 지났는데 정말 눈에 다래끼가 사라지고 없었다. 그 비법을 물었더니, 위에 입고 있는 속옷에서 다래끼가 나 있는 쪽 끝자락을 실로 묶어 둔다는 것이다. 나도 시험 삼아 해 봤는데 정말 치료되었다. 이게 무슨 조화인지 알 수 없지만, 다래끼가 주는 고통은 그렇게 사라졌다.

얼음 썰매

추위가 며칠째 기승을 부리고 있다. 이렇게 한파가 계속되면 강도 얼어붙고 저수지도 심지어는 육지에 가까운 바다까지 얼음으로 뒤덮인다. 어린 시절, 동장군이 기세를 떨쳐 저수지 물을 꽁꽁 얼려버리면 그 얼음 위에서 썰매를 탔던 기억이 난다. 온 동네 아이들이 다 모여서 하루 종일 대나무로 만든 스키를 타기도 하고 얼음 썰매를 타며 놀았다.

초등학교 5학년쯤까지 내 썰매가 없어서 검정고무신을 신고 빙판 위를 힘껏 달려 쭉 미끄럼을 타기만 반복했다. 그런데 고무신을 신고 미끄럼을 타면 발도 많이 시리고 나가지도 않아서 재미가 없었다.

얼음 썰매를 타고 이곳저곳을 누비며 큰 원을 그리면서 서로 쫓고 쫓기며 노는 형들과 친구들이 무척 부러웠다.

내 썰매를 갖고 싶은 마음이 간절했다. 어떻게 할까 고민하다 내가 한번 만들어 보기로 결심했다. 먼저 형들이 타고 있는 썰매를 찬찬히 살펴보았다. 크기와 모양, 형태를 다 머릿속에 넣어 두었다. 그리고 집으로 와서 종이를 꺼내 찬찬히 얼음 썰매 모양을, 그리고 썰매를 만드는 데 필요한 재료들을 써 보았다.

썰매는 직사각형의 모양으로 세로를 35cm, 가로를 30cm 정도로 잡았다. 높이는 10cm 정도로 하면 될 것 같았다. 재료는 나무 판자가 필요했고, 굵은 철사와 철사를 고정시킬 작은 못 6개 정도, 그리고 썰매를 밀어 줄 나무 송곳을 만들 대못 2개가 필요했다.

먼저 재료를 구하는 것이 문제였다. 집안 구석구석을 찾아보아도 썰매를 만들 수 있는 판자가 없었다. 리어카에 판자가 붙어 있기는 했지만 그것을 뜯어서 만들었다가는 아버지에게 맞아 죽을 것 같아서 참았다. 집 주변을 비롯해 온 동네를 다니며 판자를 구해 보려 했지만 판자는 보이지 않았다. 한참을 찾아 헤매다가 집에 와서 마당에 앉아 좋은 방법이 없을까 고민하고 있는데, 전에 돼지를 키우던 돼지우리가 눈에 들어왔다. 그 돼지우리는 한쪽을 판자로 만들어 놓은 것이다. 당시엔 돼지를 키우지 않았기에 눈에 잘 보이지 않는 쪽 판자를 뜯어내면 될 것 같아서 장도리를 들고 돼지우리 안으로 들어가서 판자를 세 조각 뜯어내는 데 성공했다. 뜯어낸 판자를 톱을 이용해서 적당한 크기로 잘라 썰매 모양을 만들었다.

이제 굵은 철사를 찾아 썰매 밑바닥에 설치하면 된다. 굵은 철사를 어디서 구할 수 있을까? 우리 집에서는 아무리 찾아도 찾을 수가 없었다. 창고를 비롯해서 집 뒤쪽 외양간까지 다 찾아보았지만 철사는 보이지 않았다.

며칠째 굵은 철사를 노래 부르며 찾아보았지만 도무지 찾을 수가 없었다. 그래서 굵은 철사를 내려 달라고 하나님께 기도했다. 그 다음날 밤에 잠을 자다 꿈을 꾸었는데, 내가 산에 나무를 하러 갔다가 굵은 철사를 찾은 것이다.

아침 일찍 일어나서 지게를 지고 형들과 함께 산에 나무하러 갔다. 산에 올라가서 나무를 하는 둥 마는 둥 하고 산 이곳저곳을 돌아다녔다. 그러다 정말 산에서 굵은 철사를 찾아내었다. 사람들이 노루를 잡기 위해 산에 많은 올가미를 설치해 두었는데 그 올가미가 굵은 철사로 만들어진 것이었다. 낫을 이용해 올가미를 떼어내 나무 속에 숨겨 집으로 왔다.

그런데 문제가 또 있었다. 철사를 절단하는 것이었다. 절단기가 없기에 시골에서 사용하는 펜치를 가지고 절단해 보려고 했지만 힘도 부족하고 철사가 너무 단단해서 아무리 해도 절단되지 않았다. 철사를 적당한 크기로 자르고 양쪽 끝부분을 구부려서 썰매 밑부분에 설치를 해야 하는데 철사가 잘리지 않는 것이다. 그래서 고민하다가 철사를 가져다 돌 위에 올려놓고 망치로 내리치기 시작했다. 한참을 내리치자 철사가 납작해졌다. 그래서 철사를 손으로 몇 번 구부렸다 펴기를 반복했다. 그러자 철사가 끊어졌다. 같은 방법으로 철사를 자르고 구부려서 드디어 썰매를 완성했다.

그것으로 끝이 아니었다. 이제 썰매를 힘차게 밀어제칠 수 있는 나무 송곳을 만들어야 했다. 먼저 아버지가 산에서 해다 놓으신 작대기 하나를 선택해서 톱으로 잘랐다. 그리고 낫으로 나무껍질을 벗겨 반질반질하게 다듬었다. 이제 대못 두 개만 있으면 된다.

연장통을 뒤지기 시작했다. 그런데 어찌 된 일인지 아무리 뒤져보아도 대못은 없었다. 시골에는 처마 밑에 옥수수를 말리거나 메주를 말리기 위해 대못을 많이 박아 둔다. 그것을 빼서 쓰면 좋을 텐데 후환이 두려웠다. 여기저기를 살피다가 외양간 기둥에 큰 대못 두 개가 박혀 있는 것을 보고 장도리를 이용해 그 대못을 빼내었다. 약간 굽기는 했지만 아쉬운 대로 쓸 만했다.

문제는 또 있었다.

“어떻게 못 머리 부분을 잘라 내고 나무에 박지?”

한참을 생각하는데 좋은 생각이 떠올랐다. 전에 형이랑 대장간에 아버지 심부름을 갔던 것이 생각난 것이다. 대장간에서는 쇠를 불에 달구어서 각종 농기구를 만들었는데 쇠를 빨갛게 불에 달구어서 망치로 내리치면 쇠가 쭉쭉 늘어나서 대장장이가 원하는 모양의 농기구가 되었다.

그 방법으로 나무 송곳을 만들어 보기로 작정을 하고, 저녁 소죽을 끓일 때 못 머리가 있는 부분을 불에 달구기 시작했다. 한참 뒤에 보니 못 머리 부분에 빨갛게 불이 붙어 있었다. 펜치로 못을 잡고 망치로 머리 부분을 내리치자 머리 부분이 순식간에 납작해졌다. 여러 번에 걸쳐 이곳저곳을 쳐서 날카롭게 만든 후 준비한 나무에 박았다. 망치로 몇 번 내리치자 잘 박힌 것이다. 나무 송곳이 완성되자마자 난 미리 만들어 둔 썰매를 가지고 저수지로 갔다.

이미 해가 기울어서인지 저수지에는 아무도 없었다. 얼음 위에 썰매를 내려놓고 그 위에 앉았다. 나무 송곳에 힘을 주고 뒤로 밀어제쳤다. 한데 아무리 힘을 주어도 앞으로 나가지 않았다. 한참을 그렇게 얼음 위에서 씨름을 하고 있었는데 저수지 근처에 살던 동네 형이 나를 보고 달려오더니 뒤에서 밀어주었다. 순간 썰매가 앞으로 쭉쭉 나가기 시작했다. 정말 신났다. 나무송곳으로 슬슬 미는데도 앞으로 쭉쭉 나갔다. 시간 가는 줄 모르고 앞이 잘 보이지 않을 때까지 썰매를 탔다. 저녁 늦게 돌아와서 어머니에게 엄청 혼나고 그날 저녁 내내 기침을 하느라 잠을 이루지 못했다.

몇 년 전에 시골집에 내려갔을 때 창고를 뒤지며 내가 처음으로 만들었던 썰매를 찾아보았는데 눈에 보이지 않았다. 어디론가 사라진 것이다. 요즘도 날씨가 추워지고 강에 얼음이 얼면 그때 생각이 난다.

예방주사

며칠 전 국민일보에 노인들은 반드시 독감 예방 주사를 맞아야 한다는 글이 실려 있었다. 우리나라에서는 해마다 독감 때문에 2,900명이 사망을 한다는 것이다. 하여 노인들은 반드시 독감 예방 주사를 맞으라는 것이다.

몇 해 전에 목을 움직이기가 힘들어서 동네 의원에 간 적이 있다. 작은 의원 안은 머리가 희끗하고 허리가 구부정한 노인들로 가득 차 있었다. 카운터에 오늘 무슨 날이냐고 물었더니 독감 예방 주사 맞는 날이라고 한다.

예방주사를 생각하면 내 몸과 마음은 초등학교 4학년 때 교실

속으로 들어간다. 초등학교 시절, 나는 창가 쪽에 앉는 것을 좋아했다. 수업 중에도 가끔씩 바깥 풍경을 볼 수 있었기 때문이다.

미술시간이어서 친구들은 그림 그리기에 열중하고 있는데, 나의 시선은 계속해서 창밖을 응시했다. 파란 하늘에 하얀 뭉게구름이 플라타너스 가지 사이에 걸려 있었고, 솔개 한 마리가 높은 하늘을 빙글 돌고 있었다.

그때 운동장 쪽에서 두 여자가 아주 익숙한 가방을 메고 걸어오는 것이 눈에 들어왔다. 갑자기 나의 심장이 방망이질 치기 시작했다. 그분들은 틀림없이 보건소에서 오신 분들이었다. 예방주사를 놓기 위해서 학교에 찾아온 것이다. 도저히 그림을 그릴 수가 없었다. 앞에 앉아 있던 친구에게 이 사실을 이야기했더니 그 친구도 얼굴이 하얗게 변했다. 금세 그 소식은 반 전체에 퍼졌고, 교실 안은 술렁거리기 시작했다.

초등학교 시절 제일 무서웠던 일이 주사 맞는 것이었다. 장티푸스, 콜레라, 간염 등 여러 종류의 주사를 맞았는데, 맞을 때마다 도망치고 싶은 마음이었다. 주사는 항상 교무실 바로 옆에 있는 교실부터 시작되었다. 우리 교실은 교무실과 다른 건물에 있어 아직은 여유가 있었다. 하지만 우리의 얼굴은 두려움으로 가득 찼다. 뭔가 핑계를 대고 집으로 도망치고 싶은 마음이 엿보였다.

4교시가 시작되었을 때 바로 옆 반에서 주사를 맞는 소리가 들렸다. 선생님께서 야단치는 소리, 아이들이 일어서서 줄을 서는 소리, 이따금 울음소리와 비명 소리도 들렸다.

순식간에 교실 안은 두려움으로 가득 찼다. 그때 한 친구가 "선생님 화장실 좀 다녀오겠습니다." 하고 뛰어나갔다. 다른 친구들도 연신 화장실에 가고 싶다고 했지만 선생님께서 눈치를 채고 못 나가게 만들었다.

드디어 올 것이 왔다. 무섭게 생긴 두 여자가 주사기를 빼들고 교실 안으로 들어왔다. 선생님께서 모두 자리에서 일어나서 두 줄로 서라고 말씀하셨다. 그때 한 친구가 머리가 아프다고 말했다. 선생님께서 앞으로 나오라고 하더니 머리를 만져 보시곤 들어가서 줄에 서라고 하셨다. 꾀병을 부렸다 들통난 것이다.

누가 제일 먼저 맞을 것인가? 반에서 키가 작은 친구들이 앞자리에 앉아 있어서 항상 이 친구들이 먼저 주사를 맞았었다. 다들 숨을 죽인 채 순서를 기다렸고, 여자애들은 대부분 고개를 돌리고 있거나 눈을 감고 있었다. 어떤 친구들은 책상에 엎드려 흐느끼기도 했다.

그날 주사는 맨 앞자리에 앉아 있었던 친구가 먼저 맞았다. 그런데 그 친구가 주사를 맞고 주삿바늘이 몸에서 나오자마자 큰 소리로 "하나도 안 아프다!"라고 소리를 질렀다.

"하나도 안 아프다고?"

용기가 생기기 시작했다. 두 번째로 맞은 친구도 "하나도 안 아프다!"고 소리를 질렀다. 안심이 되었다.

내 차례가 되어 팔을 걷어 올리고 앞으로 나갔는데, 무서운 그 간호사는 얼굴 표정 하나도 변하지 않고 친구들 어깨를 푹푹 찌르던 그 주삿바늘로 주사액을 주입하더니, 하늘을 향해 주사액을 한 번 발사하고 곧바로 내 팔에 사정없이 푹 찔렀다. 순간 엄청 아픔이 몰려왔다. 그리고 바로 주사약을 주입하는데 또 통증이 밀려왔다. 하지만 모든 것이 순식간에 끝났다. 마음은 하늘을 날아갈 듯했다.

교실은 아무 일도 없었다는 듯이 금세 평안을 찾았고, 아이들도 주사의 공포에서 해방되었다.

군복무 시절, 부상을 입어 병원에 입원한 적이 있었는데 그때 하루 다섯 차례에 걸쳐 한 달 동안 매일 주사를 맞았다. 주삿바늘만 보아도 노이로제가 걸릴 지경이었다. 주사를 맞는 것이 싫어서 퇴원을 요청하고, 군부대로 복귀해 버렸다.

예방 주사를 맞기 위해 기다리고 있는 어르신들을 찬찬히 쳐다보았다. 주사에 대한 공포나 두려움은 어디서도 찾아 볼 수 없었다. 오히려 몸에 좋은 보약을 먹으러 온 그런 표정들이었다.

크리스마스 트리

크리스마스가 다가오자 시내 곳곳에 크리스마스트리가 세워져 사람들의 발걸음을 가볍게 한다. 시청 앞 광장에도 백화점 정문 앞에도 아파트 단지 입구에도 화려하게 장식한 트리들이 형형색색의 조명을 번쩍거리며 세워져 있다. 크리스마스트리는 이제 집을 나가 독립한 자녀처럼 이미 교회 문을 나가 세상 속에서 나름의 의미를 찾은 듯하다.

몇 년 전에 일본의 유명한 여배우의 술주정이 매스컴을 뜨겁게 달군 적이 있다. 크리스마스이브 저녁 밤새도록 술을 마시고 새벽에 휘청거리며 귀가하던 여배우가 몸을 가누기 위해 앉은 곳이 우연히도 교회 앞이었다. 가만히 앉아 있는데 교회에서 크리스마스

캐럴 소리가 났다. 그 소리를 들은 배우는 깜짝 놀라서 요즘은 교회에서도 크리스마스파티를 하느냐고 물었단다.

초등학교 6학년쯤에 처음으로 교회에서 크리스마스트리를 만드는 일에 참여했었다. 시골 교회에서 만드는 트리라고 해 봐야 초라하기 그지없었겠지만, 그래도 트리를 만들 때의 그 기쁨은 무엇과도 바꿀 수 없는 감동이었다.

중학교에 다니는 형들과 함께 크리스마스트리에 사용할 나무를 베기 위해 톱 한 자루와 낫 하나를 가지고 우리 동네 저수지와 맞닿아 있는 산으로 갔다. 그 산에는 트리로 사용하기에 좋은 구상나무와 호랑가시나무가 많이 있었기 때문이다. 형들은 산에 오르자마자 트리로 사용하기에 적합한 나무를 찾으려고 분주히 움직였다. 옆에서 구경하며 이곳저곳을 다니다 호랑가시나무 하나를 발견했는데 빨갛게 익은 열매가 내 눈길을 사로잡았다. 육각형 이파리 끝마다 가시가 달려있는 모습도 특이했고 그 나무에 매달려 있는 빨간 열매는 장식을 하지 않았는데도 장식을 한 트리보다 아름다웠다. 형들에게 이 나무가 좋겠다고 말했지만, 형들은 들은 체도 하지 않고 오직 전나무 찾기에만 열중했다.

얼마 후에 크기가 적당한 전나무 두 그루를 정하고 형들은 톱질을 시작했다. 나무 밑 부분을 잘라야 하기에 아주 힘들게 톱질을 했다. 몇 사람이 번갈아 가면서 톱질한 끝에 두 그루 전나무를 자를 수 있었고, 우리는 그 나무들을 끌고 교회로 돌아왔다. 나무 한 그루는 교회 안에 세워서 장식을 했고, 다른 한 그루는 교회 바깥에 세워 교회 앞을 지나는 모든 사람들에게 크리스마스가 다가왔음을 알렸다. 화려한 장식이나 번쩍거리는 조명 장치는 없었지만 교회 앞에 세워진 트리는 모든 동네사람들의 마음에 예수님의 사랑을 잔잔하게 전했다.

또 한 번의 잊을 수 없는 크리스마스트리를 만들었던 기억이 있다. 군대에서 군복무 중에 만들었던 크리스마스트리다. 국회의사당 한쪽에 자리 잡은 국회경비대에서 경비근무를 했는데, 성탄절이 다가오자 선배들이 크리스마스트리를 만든다고 도와달라고 했다. 신앙심이 투철했던 선배는 혼자서 나무 목재를 이용해 큰 별을 만들고 그 별에 조명을 하나하나 연결했다. 그 선배가 나를 힐끔 쳐다보더니 의원 동산에 가서 트리에 사용할 나무를 베어 오라고 하면서 톱을 던져 주었다. 국회의사당 동쪽에 잘 가꾸어진 야트막한 동산이 하나 있었는데 그곳에는 화석류 나무처럼 아름다운 나무들이 잘 자라고 있었다. 솜씨 좋은 정원사가 가꾸고 있는 곳이기에 그곳에 있는 나무들은 하나같이 다 진귀해 보였다.

톱을 들고 의원동산 이곳저곳을 헤매고 다녔다. 아무리 찾아보아도 함부로 자를 수 있는 나무가 없었다. 아래쪽에는 잣나무들이 줄지어 있고, 위쪽으로는 잘 조각한 것처럼 보이는 향나무와 소나무들이 줄지어 있었다.

의원동산뿐만 아니라 국회의사당 전체 정원을 담당하고 있는 온실이 있었다. 한참을 고민하다가 그곳으로 찾아가 정원사를 만나 사정을 이야기했다. 그랬더니 정원사는 깜짝 놀라면서 의원동산에 있는 나무는 절대 자르면 안 된다는 것이다. 그리고 커다란 화분에 심어진 나무를 내줄 테니 거기에 트리를 만들라는 것이다. 온실 여기저기를 살피다가 내가 발견한 나무는 호랑가시나무였다. 빨간 열매는 없었지만 호랑가시나무가 마음에 들어 그 화분을 옮겨 달라고 부탁을 하고, 경비대 현관 앞에 세워두고 장식을 시작했다.

먼저 나무에 몽실몽실한 하얀 솜을 끼우고 나무 꼭대기에 별 장식을 달고 반짝거리는 은색 줄 금색 줄을 매달아 내렸다. 한참을 장식에 열중하고 있는데 갑자기 마음속에서 질문 하나가 올라왔다.

"크리스마스트리는 언제부터 만들었을까?"

언젠가 어떤 목사님 설교 중에 들은 이야기가 떠올랐다. 아기 예수님이 태어났을 때 헤롯 왕이 아기 예수를 죽이기 위해 급히 군사들을 베들레헴으로 보냈다. 그때 잠을 자던 요셉의 꿈에 천사가 나타나 "헤롯 왕이 아기를 죽이려 하니 지금 빨리 일어나 애굽으로 피해라."라고 했다. 요셉은 급히 일어나 아기 예수를 데리고 도망을 치게 되었고, 헤롯의 군사들은 베들레헴에서 한 아기가 빠져나갔음을 알고 끈질기게 추격을 했다는 것이다. 군사들이 얼마나 빨리 추격을 했는지 거의 잡힐 무렵, 요셉은 아기 예수를 데리고 광야에 있는 한 동굴로 숨어들었다. 그러자 곧바로 동굴 입구에 살고 있던 거미가 동굴 입구에 거미줄을 친 것이다. 광야의 동굴을 샅샅이 뒤지고 다니던 군사들이 아기 예수가 피한 동굴 입구에 이르러서는 거미줄이 쳐진 것을 보고 그냥 지나쳤다고 한다. 그 이후로 이것을 기념해서 성탄절이 다가오면 아기 예수를 생각하며 큰 구상나무에 거미줄처럼 금줄 은줄을 매달아 트리를 만들었다는 것이다. 그 외에도 크리스마스트리의 유래에는 여러 가지 설이 있지만 16세기 이후 전 유럽으로 퍼져 하나의 크리스마스 문화로 자리 잡은 듯하다.

올해도 어김없이 크리스마스가 다가오고 있다. 문화적인 행사로 크리스마스트리를 하나 더 세우는 것이 아니라 우리를 사랑하사 죄 가운데서 구원하기 위해 이 땅에 오신 예수님의 사랑을 전하는 마음으로 세웠으면 한다.

읍내 가던 길

온 세상이 황금빛으로 물들어 가던 10월 초순경, 생애 처음으로 읍내 가는 버스를 타고 해남읍에 간 적이 있다. 그때가 초등학교 4학년이었다. 아침에 학교에 갈 때, 6학년이었던 형이 어머니에게 해남읍에서 해남군 내에 있는 모든 초등학교의 체육대회가 열린다면서 그곳에 응원을 가야 한다고 버스비를 60원 받아 갔다. 어머니는 형에게 버스비가 20원이니 왕복이 40원에 20원은 과자를 사 먹으라고 60원을 주셨다. 형은 책가방도 없이 학교로 가서 곧바로 친구들과 해남으로 갔다.

나야 4학년이니 선생님께서 별 말씀도 하지 않아 책보자기에 책을 싸서 어깨에 둘러메고 학교에 갔다. 그런데 선생님께서 오늘은 군내 체육대회 때문에 전교생이 수업을 안 한다는 것이다. 우리 학교도 배구와 육상 등 몇 종목을 출전했으니 응원할 친구들은 가라고 하셨다.

학교에서 돌아오는 길에 친구들이 함께 해남에 응원을 가자고 했다. 그때 함께 가기로 했던 친구는 내 단짝 친구 한 명과 선배 두 명, 후배 두 명이었다. 집에 도착하자마자 어머니께 해남에서 열리는 체육대회 응원을 가야 하니 차비를 달라고 했다. 어머니께선 가지고 있는 돈 전부를 털어 주셨는데 45원이었다. 40원은 왕복 차비 하고 5원은 과자 사먹고…….

약속한 친구들도 각자 집에서 버스비를 받아 왔다. 다들 40원에서 50원 정도를 받아 왔다. 한 시간 정도를 걸어서 해남으로 가는 버스 정류장을 향해 갔다. 논에는 곡식들이 누렇게 익어 가고 있었고 길가에는 듬성듬성 연분홍빛 코스모스가 흔들거렸다.

농로를 지나서 18번 국도에 접어들었을 때 강진 쪽에서 해남으로 가는 버스가 왔다. 우리는 버스를 향해 손을 들고 흔들었다. 버스는 멈추었고, 차례대로 버스에 올라탔다. 그때 내 생애 처음으로 버스를 탄 것이다.

버스에 오른 우리는 어떡해야 할지 몰랐다. 의자가 2열로 쫙 늘어서 있고, 가운데는 사람들이 다니는 통로가 있었는데 너무나 깨끗했다. 그래서 의자에 앉는다는 것은 생각도 못 하고 버스 통로 뒤편으로 가서 통로에 앉았다. 그러자 다른 친구들도 따라서 쭉 통로에 앉았다. 앞에 있던 차장 아저씨가 다가오더니 거기 앉으면 안 되고 뒤쪽에 빈자리가 있으니 의자에 앉으라는 것이다. 차는 신나게 달리기 시작했고 금세 우슬재를 넘기 시작했다.

그때 차장이 가까이 오더니 어디로 가느냐고 물었다. 해남읍에 간다고 하자 차비를 달라고 하는 것이다. 그래서 20원을 주었더니 차비가 30원으로 올랐다고 하면서 30원을 내라고 하는 것이다.

아! 정말 난감했다. 30원을 내 버리면 올 때 쓸 차비가 없기 때문이다. 그래서 20원만 내면 안 되냐고 했더니 안 된다면서 30원을 다 내라고 인상을 쓰는 것이다. 무서워서 얼른 30원을 주고 함께 간 친구들끼리 대책을 의논했다.

"올 때 어떻게 하지?"

친구들은 걱정도 안 되는지 하나같이 걸어오면 된다고 했다. 우슬재를 넘어서 집에까지 가는 데 두 시간이면 충분하다는 것이다.

우리는 해남읍에 도착하자마자 곧장 체육대회가 열리고 있는 해남중학교로 갔다. 그런데 체육대회는 해남중, 해남여중, 해남초등학교 등지에서 나누어서 열렸다. 해남중학교에는 많은 사람들이 와서 인산인해를 이루고 있었고 우리는 그 많은 사람들 틈바구니에 끼어서 경기를 구경했다.

학교 주변에는 많은 상인들이 와서 먹거리를 팔았다. 함께 갔던 친구들이 풀빵을 보더니 사 먹자고 했다. 그래서 남은 15원으로 풀빵을 사 먹어 버렸다. 다른 친구들도 가진 돈을 다 털어서 풀빵을 사 버렸다. 우리는 풀빵을 들고 경기가 열리는 곳마다 누비고 다녔다. 배구 경기가 열리고 있는 곳에서 한참을 서서 구경을 하다가 정신을 차리고 주위를 둘러보니 같이 왔던 친구들이 아무도 없었다. 나 혼자만 서 있는 것이다. 친구들을 찾기 위해 여기저기를 둘러보아도 보이지 않았다. 찾는 것을 포기하고 운동 경기를 구경했다.

한참을 구경하다가 그곳에서 형을 만났다. 형이 나를 보더니 어떻게 왔느냐고 묻기에 엄마가 차비를 줘서 친구들이랑 왔다고 했더니 이제 집에 가자는 것이다. 나는 더 구경하고 갈 테니 형 먼저 가라고 했더니 지금 가도 집에 가면 해가 질 수 있다고 나를 끌고 가다시피해서 버스 터미널까지 왔다. 그때 형에게 말했다.

"형, 나 버스비 없어. 나는 형 타고 가는 버스 가는 길 보고 따라갈 테니 형은 버스타고 먼저 가"

그러자 형이 "그냥 버스 타고 가자."라는 것이다.

"내 버스비도 있어?"

"내 것밖에 없어"

"그럼 난 어떡하라고?"

난감했지만 형에게 이끌려 버스에 올라탔다. 잠시 후에 버스가 출발했다. 그리고 우슬재 꼭대기를 넘어 옥천을 향해 달리는데, 차장 아저씨가 버스 요금을 받기 시작했다. 뒤에서 두 번째 자리에 앉았는데, 앞쪽에서부터 점점 내가 있는 쪽으로 다가오는 것이다. 마음속에서 커다란 방망이들이 방망이질을 시작했다. 쿵쾅 쿵쾅 쿵쾅…….

드디어 형에게 다가와서 30원을 받더니, 나에게도 버스비 30원을 달라는 것이다. 차비가 없다고 사실대로 이야기하자 차장은 즉시 버스 기사에게 가서 차를 멈추었다. 지금 당장 버스에서 내리라고 했다. 나는 아무 말도 하지 않고 버티었다. 내리지 않았다. 형도 아무 말도 없기에 그냥 버텼다.

버스 기사와 차장 두 사람 다 화를 내면서 빨리 안 내리면 경찰서에 데려다 준다는 것이다. 그래도 버텼다. 차장이 나를 끌어내려고 내 손을 붙잡아 끌어올렸다. 그렇게 실갱이를 계속하자 우리 동네에 사시는 할머니 한 분이 내 버스 요금이라고 하면서 20원을 차장에게 주었다.

할머니가 자기도 가진 돈이 그것뿐이니 그것만 받고 가자고 해서 겨우 다시 출발할 수 있었고 무사히 집까지 돌아올 수 있었다. 지금 생각하면 너무 무모했다는 생각이 든다. 버스 기사와 차장에게도 미안하고 할머니께 고맙다는 생각뿐이다.

일상에서 발견하는 삶의 경이로움을 통해 행복한 에너지 팡팡팡 샘솟으시기를 기원드립니다

권선복(도서출판 행복에너지 대표이사, 한국정책학회 운영이사)

최근 자신의 삶과 세상을 부정적으로 바라보는 사람이 많아졌습니다. 스스로 목숨을 끊는 사람들은 매년 늘어만 가고 불특정다수를 대상으로 한 묻지 마 범죄 또한 빈번히 발생하고 있습니다. 자신이 현재 어느 위치에서 어떠한 일을 하든 긍정적인 마인드로 무장하고 세상을 아름답게 바라볼 필요가 있습니다. 언뜻 따분해 보이는 일상 또한 자세히 들여다보면 놀라움과 깨달음으로 가득합니다. 작은 생각의 변화가 스스로의 삶을 바꾸고 타인의 삶을 바꾸고 시대의 큰 흐름을 바꾸는 물줄기가 된다는 점을 명심해야 합니다.

책 『살아가는 기쁨』은 우리 삶이 경이로움 그 자체임을 편하고 따뜻한 문장들을 통해 전하고 있습니다. 저자이신 박찬선 목사님은 현재 안산에서 안디옥교회를 섬기며 독서 세미나 강사로 활동하고 계십니다. 늘 너른 마음으로 신의 뜻을 사람들에게 전해 오신 만큼, 한없이 따뜻한 시선으로 아름다운 일상과 그 풍경들을 포착하여 글로 풀어내셨습니다. "하루하루의 삶이 소중하다는 사실을 발견하면서 글을 쓰기 시작했습니다. 마음에서 나오는 울림들을 적어 보았습니다. 거미가 몸에서 실을 뽑아 입으로 집을 짓는 것처럼 내 안에서 울리는 소리들을 소중하게 글로 옮겼습니다."라는 목사님의 아름다운 마음이 독자들에게 온기 가득한 손길로 전해지기를 바랍니다.

오늘도 파란 하늘과 푸른 숲, 풍성한 식사와 웃음소리 넘치는 저녁이 우리를 기다리고 있습니다. 여러 여건에 의하여 그러지 못한다 하더라도 얼마든지 본인의 의지와 노력에 의해 행복을 누릴 수 있습니다. 지금 불행과 절망에 휩싸여 세상의 아름다운 풍경을 똑바로 보지 못하는 분들이 이 책을 읽고 삶을 긍정적으로 이끌어 나가기를 바라오며 이 책을 읽는 모든 독자 분들의 삶에 행복과 긍정의 에너지가 팡팡팡 샘솟으시기를 기원드립니다.

7인 엄마의 병영일기

최정애,김용옥,김혜옥,류자,백경숙,조우옥,황원숙 지음 | 값 15,000원

책 『7인 엄마의 병영일기』는 소중한 아들을 군에 보낸 어머니들의 마음으로부터 시작된다. 저자인 7명의 어머니는 아들을 군에 보낸 후 '군인'에 대해 그리고 군인이 하는 일에 대해 다시 한번 깊이 생각하게 된다. 또한 생각에 그치지 않고 군인들이 하는 일을 직접 체험하며 나라를 지키는 일이 얼마나 위대한지에 대해 가슴 깊이 깨닫는다.

열남

김옥열 지음 | 값 15,000원

책 『열남』은 45년 전 월남전에 참전했던 저자가 당시의 치열한 전쟁 상황에서도 기록으로 남긴 육필 자료를 바탕으로 한 실화이며, 전쟁터 속에 느끼는 회한과 감정을 생생하게 그려낸 작품이다. 비장한 각오와 굳건한 의지에 몸을 맡긴 채 타국의 전쟁에 참전한 한 청년의 뜨거운 육성은 가슴 깊이 울림을 전한다.

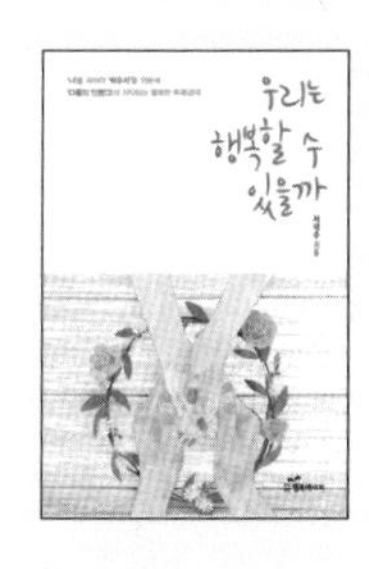

우리는 행복할 수 있을까

서덕주 지음 | 값 13,000원

『우리는 행복할 수 있을까』는 결혼 후 점점 소원해지는 부부관계와 사소한 것에서 발전하는 이혼의 원인 및 그 해결책을 담고 있다. 책은 여타 부부관계 설명서와 다르게, 정보의 단순한 나열이 아닌 소설 형식으로 문장을 풀어낸다. 그렇게 내러티브가 생동감을 부여하고 독자의 몰입도를 더욱 높여준다.

이것이 인성이다

최익용 지음 | 값 25,000원

이 책은 저자의 평생의 경력과 연구결과를 집대성한 작품으로 21세기 대한민국 인성교육서의 새로운 지평을 열어줄 것으로 기대된다. 다양한 사례와 인용, 실증을 바탕으로 내용의 신뢰도를 높였으며 우리나라 실정에 가장 알맞은 인문교육서의 면모를 여실히 증명해 내고 있다.